培育语文核心素养

◆

经典阅读文库

缪崇群经典作品集

缪崇群 著

河北出版传媒集团

花山文艺出版社

图书在版编目(CIP)数据

缪崇群经典作品集 / 缪崇群著 . — 石家庄 : 花山文
艺出版社 , 2018.4（2021.1 重印）

ISBN 978-7-5511-3888-8

Ⅰ . ①缪… Ⅱ . ①缪… Ⅲ . ①散文集 – 中国 – 现代
Ⅳ . ① I266

中国版本图书馆 CIP 数据核字 (2018) 第 048848 号

书　　名：**缪崇群经典作品集**

作　　者：缪崇群

策　　划：张采鑫

责任编辑：卢水淹

责任校对：齐　欣

特约编辑：李文生

全案设计：北京九洲鼎图书有限公司

出版发行：花山文艺出版社（邮政编码：050061）
　　　　　（河北省石家庄市友谊北大街 330 号）

销售热线：0311-88643221/29/31/32/26

传　　真：0311-88643225

印　　刷：三河市悦鑫印务有限公司

经　　销：新华书店

开　　本：700×1000　1/16

字　　数：110 千字

印　　张：10

版　　次：2018 年 6 月第 1 版
　　　　　2021 年 1 月第 3 次印刷

书　　号：ISBN 978-7-5511-3888-8

定　　价：29.90 元

还是你那包着水的眼睛，微笑的嘴唇，带痰的咳声，关切的问询。这一切仿佛是永不会改变的东西。从最初的相识到最后的会晤，我没有看见你改变过一点，甚至不治的痼疾，甚至人世的苦辛，都不曾毁损了你的面容和心灵。

——巴金

语文核心素养与经典阅读

中华人民共和国建国几十年来，语文教学实现了由"语文教学大纲"到"语文课程标准"再到"语文核心素养"的三级跳远。如果说"语文教学大纲"解决了森林的每棵树是什么的问题；那么，"语文课程标准"就解决了由树成林的整体观；而"语文核心素养"则解决了树如何成林，成林后有什么用处的大问题。

在"语文教学大纲"时代，解决一个一个的知识点是教学的重要任务，于是一篇篇文章被贴上无数的知识标签，在课堂上被一一肢解，学生被灌输了无数的知识点却"只见树木不见森林"。"语文课程标准"的颁布实施，让中国的语文教学前进了一大步，真正把语文教学放在"课程"里整体思考，整体设计教学思路，将知识、能力、情感、态度、价值观融为一体统筹安排，但其终极目标却语焉不详或无法操作而最终"形似而实不是"。"语文核心素养"是在全面落实"立德树人"教育目标下提出来的，旨在通过语文自有的教育功能为当代合格青少年的成长过程提供必要的养料和条件。

什么是"语文核心素养"？北京师范大学资深教授王宁认为：语文核心素养是学生在积极主动的语言实践活动中构建起来、并在真实的语言运用情境中表现出来的个体语言经验和言语品质；是学生在语文学习中获得的语言知识与语言能力、思维方法和思维品质，是基于正确的情感、态度和价值观的审美情趣和文化感受能力的综合体现。简言之，语文核心素养包含四个主题词，即语言、思维、审美和文化。

我们为什么要阅读经典，如何阅读经典，它和语文核心素养的养成有什么关系？

木心说，阅读经典无非就是让我们找到了一个制高点。我们可以站在这个制高点上，去回首我们的过去的经历，评判我们的得失；也可以更加开阔的视野瞭望世界，"极目楚天舒"。这说明"读什么"比"怎么读"更为重要。

中外经典繁多。中国古代文学是一座宝库，但需要掌握一定的知识和能力，需要有适合的导读和引领。中国当代文学由于还需要时间的沉淀、批判与选择。而中国现代文学由于离我们不太遥远，且由于其所处时代的特殊性，给我们的阅读提供了多种可能性。因此，在几年前"经典阅读与语文教育"课题被中国教育学会中学语文教学专业委员会批准立项时，课题组就锁定中国现代文学经典作为研究对象。这些经典，不仅有二十世纪二三四十年代冲破铁屋子的呐喊，落后与苦难下的坚守，民族存亡的抗争，也有中华人民共和国成立的喜悦和投身火热建设中的豪情，其家国情怀无不令人动容。通过阅读这些经典，学习作家们的语言运用技巧，积累语言并内化，提升自己的语言建构与运用能力；学习作家们批判与发现精神，促进自己的思维发展与提升；学会欣赏和评价作家们的作品，培养自己的审美鉴赏与创造能力；学习作家们对中外文化的包容、借鉴、继承，加强自己对文化的传承与理解。

最后借用我国著名作家王蒙先生的话与读者共勉：读书的亮点在于照亮生活，生活的亮点包括积累智慧与学问。生活与读书是互见、互证、互相照耀的关系。书没有生活那么丰富，但是应该更集中了光照与穿透的能力。不做懒汉，不做侏儒！用脑阅读，用心阅读！用阅读攀登精神的高峰！

目录

守 岁 烛

蔚蓝静穆的空中，高高地飘着一两个稳定不动的风筝，从不知道远近的地方，时时传过几声响亮的爆竹，——在夜晚，它的回音是越发地撩人了。

岁是暮了。

今年侥幸没有他乡做客，也不曾颠沛在那迢遥的异邦，身子就在自己的家里；但这个陋小低晦的四围，没有一点生气，也没有一点温情，只有像垂死般地宁静，冰雪般地寒冷。一种寥寂与没落的悲哀，于是更深地把我笼罩了，我永日沉默在冥想的世界里。

因为想着逃脱这种氛围，有时我便独自到街头徜徉去，可是那些如梭的车马，鱼贯的人群，也同样不能给我一点兴奋或慰藉，他们映在我眼睑的不过是一幅熙熙攘攘的世相，活动的、滑稽的、杂乱的写真，看罢了所谓年景归来，心中越是惆怅地没有一点皈依了。

啊！ What is a home without mother？

我又陡然地记忆起这句话了——它是一个歌谱的名字，可惜我不能唱它。

在那五年前的除夕的晚上，母亲还能斗胜了她的疾病，精神很焕发地和我们在一起聚餐，然而我不知怎么那样地不会凑趣，我反郁郁地沉着脸，仿佛感到一种不幸的预兆似的。

"你怎么了？"母亲很担心地问。

"没有怎么，我是好好的。"

我虽然这样回答着，可是那两股辛酸的眼泪，早禁不住就要流出来了。我急忙转过脸，或低下头，为避免母亲的视线。

"少年人总要放快活些，我像你这般大的年纪，还一天玩到晚，什么心思都没有呢。"

母亲已经把我看破了。

我没有言语。父亲默默地呷着酒；弟弟尽独自挟他所喜欢吃的东西。

自己因为早熟一点的缘故，不经意地便养成了一种易感的性格。每当人家欢喜的时刻，自己偏偏感到哀愁；每当人家热闹的时刻，自己却又感到一种莫名的孤独。究竟为什么呢？我是回答不出来的……

——没有不散的筵席，这句话的黑影，好像正正投满了我的窄隘的心胸。

饭后过了不久，母亲便拿出两个红纸包出来，一个给弟弟，一个给我，给弟弟的一个，立刻便被他拿走了，给我的一个，却还在母亲的手里握着。

红纸包里裹着压岁钱，这是我们每年所盼切而且数目最多的一笔收入，但这次我是没有一点兴致接受它的。

"妈，我不要吧，平时不是一样地要吗？再说我已经渐渐长大了。"

"唉，孩子，在父母面前，八十岁也算不上大的。"

"妈妈自己尽辛苦节俭，哪里有什么富余的呢。"我知道母亲每次都暗暗添些钱给我，所以我更不愿意接受了。

"这是我心愿给你们用的……"母亲还没说完，这时父亲忽然在隔壁带着笑声地嚷了：

"不要给大的了，他又不是小孩子。"

"别睬他，快拿起来吧。"母亲也抢着说，好像哄着一个婴孩，唯恐他受了惊吓似的……

佛前的香气，蕴满了全室，烛光是煌煌的。那慈祥、和平、娴静的烟纹，在黄金色的光幅中缭绕着，起伏着，仿佛要把人催得微醉了，定一下神，又似乎自己乍从梦里醒觉过来一样。

母亲回到房里的时候，父亲已经睡了；但她并不立时卧下休息，她竟沉思般地坐在床头，这时我心里真凄凉起来了，于是我也走进了房里。

房里没有灯，靠着南窗底下，烧着一对明晃晃的蜡烛。

"妈今天累了吧？"我想赶去这种沉寂的空气，并且打算伴着母亲谈些家常。我是深深知道我刚才那种态度太不对了。

"不——"她望了我一会儿又问，"你怎么今天这样不喜欢呢？"

我完全追悔了，所以我也很坦白地回答母亲：

"我也说不出为什么，逢到年节，心里总感觉着难受似的。"

"年轻的人，不该这样的，又不像我们老了，越过越淡。"

——是的，越过越淡，在我心里，也这样重复地念了一遍。

"房里也点蜡烛作什么？"我走到烛前，剪着烛花问。

"你忘记了吗？这是守岁烛，每年除夕都要点的。"

那一对美丽的蜡烛，它们真好像穿着红袍的新人。上面还题着金字：寿比南山……

"太高了一点吧？"

"你知道守岁守岁，要从今晚一直点到天明呢。最好是一同熄——所谓同始同终——如果有剩下的便留到清明晚间照百虫，这烛是一照影无踪的……"

…………

在烛光底下，我们不知坐了多久；我们究竟把我们的残余的，唯有的一岁守住了没有呢，哪怕是蜡烛再高一点，除夕更长一些？

外面的爆竹，还是密一阵疏一阵地响着，只有这一对守岁烛是默默无语，它的火焰在不定地摇曳，泪是不止地垂滴，自始至终，自己燃烧着自己。

明年，母亲便去世了，过了一个阴森森的除夕。

第二年，第三年，我都不在家里……是去年的除夕吧，在父亲的房里，又燃起了"一对"明晃晃的守岁烛了。

——母骨寒了没有呢？我只有自己问着自己。

又届除夕了，环顾这陋小，低晦，没有一点生气与温情的四围——比去年更破落了的家庭，唉，我除了凭吊那些黄金的过往以外，哪里还有一点希望与期待呢？

岁虽暮，阳春不久就会到来……

心暮了，生命的火焰，将在长夜里永久逝去了！

一九三〇年六月改作

野 村 君

那山手线的高架电车，我知道她还是围绕着东京市在不息地驶转；她的速率还是那般风掣电闪，乘客还是那般拥挤在一起——有态度安闲的会社员，有美丽怀春的女郎，有年轻轻佻的学生……

早晨、晚间，她来回地渡着我，两年的光阴，并没有一点残留的痕迹了。现在印在脑中的只有几个驿站的名字：目黑、五反田、大崎、品川……

我初到东京的时候，正是地震后从事复兴的时代，一切虽然都很零乱，但从那些断壁残垣，劫后的余灰中看去，知道从前的事业就是非常可观的，现在又去努力草创、复兴，则将来更伟大的成就，已经使人预感到了。

夏天、秋天、冬天都过去了，在第二年的深春——樱花已经片片离枝了的时节，我在 K 大学开始入学了。

东京的地方，对我是极生疏的，所以每次出来，都要牢牢记住驿站的名字，次数，等等。从我的住所去学校的一段路上，换一次车我是知道的，至于上了高架电车以后的站数，站名，我不得不用心记它了：目黑过去是五反田；五反田过去是大崎……学校是在品川其次的一站，叫田町。

K 大学耸建在一座小山上面，无论从前面或后面，都要拾阶而上。迎大门的是一所庞大的图书馆，虽然在地震的时候被震掉一个角楼，但仍不能失去她那种庄严的气象……

自然，我入学的第一天，什么对于我都是新奇的。因为种种的刺痛与内心的空漠，我差不多像一个神经完全迟钝了的人了。

我初进课堂的时刻，这在我脑中是一个永远不能泯灭的印象，无数的视线，都集在我一个人身上，自然，他们对于我也是同样感觉着新奇的吧？

教室里的座位，后边都满了，恰好，在前边第二排，空着两个位子，我于是便把我的书籍放在野村君那里了，除了后边，周围是没有人的，我的心里才渐渐安定了下去。

上课铃响了，一个来得最迟的，面色黝黑，目光很忠厚的学生，便坐在我旁边那个空的位子上了。

下了第一班，我们开始谈话了，我把我的名字告诉他怎么念法，他也给了我一张小小的名刺——野村兼市。

从那天以后，我们便相识了，在班上他和我一样，除了对方以外，没有另外的朋友。我曾听说东京人是傲慢的、狡猾的、欺生的……野村君是广岛人，他大约也同样厌避那些东京人吧？我时常觉得他受旁的同学白眼和冷淡——不知是否因为他是外县人，抑或因为他同"支那人"——我的关系而被他们摒出范围以外了。然而我们的友谊，一天比一天地深固——今天问早安的时候，就比昨天问早安的时候态度亲昵；心房更加跳动了。

因为我的日语程度很浅，又加彼此的性格都好沉默，所以我们每天畅谈阔论自不可能，就是在极度要表示自己情感的时候，也很少吐露出几句完整的语句来。

是的，我们是一对无言的朋友，我们脸上的表情，或者已经超过了需要以外也未可知吧？

在严厉装腔作态的石井英文先生班上，他是低着头静静地听讲，在松懈，像小孩子似的六笠德文先生班上，他是低着头静静地听讲……他永没有像过那一些淘气顽皮的同学，在英文班上可怜得如同淋过水的小鸡；在德文班上就仿佛充分自信着造反也无人过问似的。

有一次，六笠先生尽讲他的书，而后边却开起雪战了，有的淘气胆大的学生，故意把雪球向先生眼镜上掷，而先生却转过头去笑笑。在他们雪战正酣的时候，野村君把头低得更低一些了；这恐怕是防备"流弹"中伤吧？……

还有一次，上课铃都打过很久了，而全班的学生都拥在楼窗处向下看，谁也不回他的座位。六笠先生上了讲坛，他们依然装作不知道的样子，那时野村君正在我的旁边，我问他："怎么了？"

"他们真是无聊。"他微笑着回答。

"先生来看，先生来看。"有人叫着。

那些围着楼窗不归座位的学生，也无非是要先生来看，并且想耽搁一些讲书的时间罢了。

六笠先生果然是个孩子，他也伸头向楼下看了。

——哈……

全班哄堂了，六笠先生不好意思地正一正眼镜，从耳根处已经涌出一股害羞的红潮了。

在楼下，大约有两条狗交着尾。

全班继续沸腾着，好像要问出先生德文里这是什么字才甘心似的。

…………

上石井先生的英文，大家都是受着拘束而感到头痛，所以每当他迟到十分钟以后，有人振臂一呼：

"溜呀！"

全体便一齐跑了。最初的几回，我和野村君都有些不好意思，但这是最干犯众怒的，所以结果我们也不敢作"害"群之马了。

有几回教室里还有不曾溜尽或溜得稍晚的学生，正好遇见石井先生挟着点名册子来了，他一声不作，也不问尽有一个或两个的学生，揭开点名册子便点起名来，这时，那些已经溜到别处，还在看风头的学生，却很可怜，不得已地又要一个一个垂着头向回走了，而结果，反要到石井先生的面前要求把缺席的记号改成迟到的记号了。

究竟谁是迟到的呢？反弄巧成拙了……

天天上课，天天总有戏看的，不过他们花样再翻奇些，对我也总是无聊而生厌的；只有那一个无言的朋友野村君，他好像是我慰藉的泉源，精神上无比的食粮。所以我每天到 K 大学去上课，听讲和野村君会面，似乎是两件并重的目的了。有时在合班教授的大讲堂里，如果逢到不能坐在一起的时候，那真是一件最大最不高兴的事情了；有时他上班较迟，在那好几百人的大讲堂里来回巡逻着，我知道他是在要寻着我。

确实地，野村君对我是非常忠诚，恳挚……我得之于他的扶助与恩惠，真是一个不能计量的深与阔。但谁会相信呢？一对国籍不同，语言少接的人，也能在他们中间连上一条牢固难断的链索？

有一次，一件不幸的事降给野村君了，但那件不幸的事，仿佛同时含着一种不可言喻的魔力，它能给野村君以较深的刺激，给我一些迷信的启示。

我清清楚楚记得的，有一天我到学校特别早，而那一天却是野村君缺席的头一遭，我揣测，我不安，我几乎感到我今天来上课是没有意义的了！

　　上午散学的时候，听人说今天早晨学校附近芝町的地方，遭了一次大火，三四十家住户和商店，完全变成灰烬了。

　　这立刻使我联想到野村君的身上了，然而我立刻就否定了它，理由是没有的，假定我也不愿意去预设，我心里唯一的呆想是：这种不幸的事故，决不会临到一个良善人的身上去。

　　第二天，野村君仍然没有到学校去，第三天的早晨，事实才完全证明了。当我第一瞥见到野村君的时候，我的周身几乎都要摇撼起来了！因为脑中深深地存着火的印象，所以我看野村君的面庞，好像比寻常更显得焦黑了似的；甚至于他的头发、眉毛、睫毛……在我眼里都仿佛是烧秃过后，只剩着短黄的根桩一般了。

　　全班的同学，没有一个来慰问他的，他们都共同表示着一种讽人的微笑罢了。

　　他依旧一直找到在我旁边的座位。

　　"啊！你……"

　　"烧了！什么都烧完了！"

　　…………

　　他身上穿着一件新从估衣店里买来的制服；皮鞋没有了，只拖着一双草履；书、笔，就连一张纸片，也都完全没有了。

　　我记得他有一次曾在黑板上有意无意地写过 ——

　　"生下来便是什么都没有的。"

　　这并不是什么意味深长的话，也不能说它是今日的谶语。那些生下来便富有的人们，天地不知道被他们怎样解释呢。

就是在学校最简易的食堂里一次也没有碰到过的野村君，对于这次遭难，是怎样地给他一个重大的打击啊！

我所能够帮助于他的，都尽量地帮助他了。那最有趣而又使我想到所谓"现世现报"的俗语，仿佛在我们之间，"灵验"了。

他每星期都借给我抄录的历史笔记，谁也料想不到他又会借了我的去转抄一次的；这是最适宜不过了：因为没有另外一个朋友可以借给他笔记，并且，这笔记又是他亲自抄下来的。

过了不到十天，我的历史笔记又还给我了；可是那上边已经经过他一次详细修改——字写错了的更正过来，中间丢落的填补进去……

以后，这册笔记，便成了我最宝贵最心爱的东西……

第二年的初夏，我便因为种种缘故不能升学了，在我还是犹豫难决的当儿，野村君的问候书函早已到了。那信是用英文写的——大约他知道我所能够了解的英文总要比日文多些似的。

信里大意说 K 大学确是一个贵族学校，于我们总是格格不入的，他已经预备另转其他官立的大学了，最后问我因病是不是就要回国去……

我写了一封回信去，可是永也没有再得这位无言的朋友的音息了！

他是转学了吗？他要到什么地方去呢？……

不久，我便匆匆地回国了，野村君的消息，更没有方法探询了。最可追悔的是我再度去东京的时候，竟没有亲自到 K 大学去寻个水落石出。

除了记住几个耳熟的驿站名字，一切对我都生疏了，每当高架电车在田町驿内停留的时刻，我便禁不住地探首翘望那耸立山头的 K 大学的楼顶……我是在关心那图书馆的角楼已经修缮好了吗？我是在关心那装腔作态的英文先生，抑或是那松懈的六笠先生呢？不，不，都不是的，我所怀想的那个无言之友，我今生还能不能再默默地和他坐在一起了？……

第二次从东京回来，又已经一年多，我知道现在山手线的高架电车，已经是围着新的，复兴后的大都市驶转了，但这是不会变的，它依旧很匆忙地从这一站到那一站；车里拥挤着男和女，饱藏着美与丑，香和臭……

即或有可能的时候，随着车子转吧，你可以看见皇城，可以看见海滨，可以看见无数无数的烟突和旗亭……但野村君的黝黑的面影，真不知到哪里才能寻得着呢。

一九三〇年六月作

楸 之 寮

在东京的近郊，属武藏野的境地，有一个电车站驿叫大冈山，恰恰在山坡处建着一所玲珑的小楼，那便是我住了五个多月的楸之寮。楼的东边，尽是一片参天的楸树，推开南窗，便可以看见那些常绿的枝叶，密密遮着半个青天；树干都直立着没有一点怠意。小楼好像完全要依赖他们的屏护，楸之寮的名字，大约就是这样得来的吧？

但，我爱这里并不是因为这些楸树，我所爱的是西窗外的一片景色；那峰影，那对面山冈上的疏松，那稀稀透出树隙处的几片红色炼瓦；还有，那高渺渺的碧空，那轻飘飘的游云，那悠闲的飞鸟，那荷锄的农人……没有一样不是画材，也没有一棵是可以缺少的！假如你已经把窗外当作了一幅整个的图画的时候。

尤其是清晨、落日，或逢到阴天的时候，窗外的景色越发新异得好看了。能使人陶醉，使人自己忘却了他自己，并且疑惑他怎么会和自然融在一起。那时感到生命好像有了它的意义与价值；并且，蓦地会给人一种幸福美满与愉快的情味，就连你做梦，也恐怕难于梦到的。

这里，楼上住着两个将要卒业的学生，楼下连我总共是四个人。他们都是高呼成性了，楼上才唱了一句高工的校歌，楼下便紧接着唱他们的"明治！明治！"或"庆应！庆应！"了。我实在听不惯那些不谐和的调子，我觉得这所楼有了他们是不幸的，因为他们都是这里煞风景的人们。

将近圣诞，大约因为考试的缘故，都变得鸦雀无声，圣诞以后，他们又都束装回里去了，占领这整个楼的是我一个人，我心里有一种得胜似的喜悦。

良子——这里的侍女，她每天除了给我送火扫席之外，旁的房里没有她的声音了，她的笑脸，似乎渐渐专赠了给我。不过，当她走了之后。我自己会想到这种突来的赐予，竟平地使我不安起来，探一探自己这颗饱经世故的心，它依稀是冰凉的；追溯那些曾经结在过往绳索上的不解的结扣，我真茫然了……

——一个劳苦的女子，一个还似乎在追寻着什么的女子吗？每当她跪在我旁边拨炭，拨来拨去总不肯走的时候，我便禁不住这样想了。同时，我又想起了我们这里的那个年轻主妇。她时常在楼上和他们谈到深更，而良子如果在无论谁的房里稍停了一会儿，主妇立刻便会把她喊走。

这年轻的主妇，她有"梅林丝"的衣，雪白的袜，闪光的发钗；还有媚人的眼，声音与风姿，她想得到青年的欢心，恐怕就如同猎犬专会捕野兔一般的。

——劳苦的女子，你不要追想什么好了；你像一只被人缚着的绵羊，你不会吃着隔海的青草了。你的爱，也不过是黑夜里的一个萤火虫，世人都睡了，只有那高在天上的繁星，微微向你闪一闪同情的泪光罢了。止住你的追寻吧，留它陪护你的不老的青春……

夜深失眠，郊外电车已经渐渐死寂了下去的时候，我一个人躺在席上这样暗想着。我有时焦灼得几乎要跳了起来，我决心明天早晨把我所想的话都告诉她。

但，明朝，后朝……我还是如旧地缄默着不曾开过口。

　　元旦的那日，天气异常阴霾，午后，打在铅板上淅淅的雨声，已经传进耳鼓来了。这时，细细的雨丝，好像把郊外织成一层薄灰的、浅碧的轻纱，轻纱里还像混着缕缕的烟纹。

　　那一晚，大约是新年的缘故，良子被赦般的在我房里坐了很久。我们是对面坐着，中间放着一个火钵，四只手交错在炭光上。

　　"你猜，我像多大岁数的人了？"是她先问我的，我真料不到她会拿这个女人不喜欢问的问题问我。

　　"你吗？也就是十八九岁的光景。"我诚实地回答她。

　　她听了这回答，立刻把按在火钵上的两只手，迅速地掩在面上了。

　　我正惶恐着我回答的失检，哪知她却这样说了：

　　"还十八呢，都快成老婆子了。"她那种害羞的样子，就从她低倾的头，耸着的肩，也可以清楚地看出来。

　　她告诉我她的年龄和我相仿——二十二岁了。

　　后来，我们又谈很久的话，但我的心情总是沉郁的。

　　最后她道了"请安息"，离开我的房子——没有一点声音，我知道她扭息了楼道的灯，厨房的灯，推开门正要回主人那边去的时刻，一种清脆的声音传到我耳里来了——

　　"外边敢则是下雪呢。"

　　——一股寒气，不会猛地侵袭了她吗？

　　我随着便推开我的窗户，宇宙已经是清凉皓白的了，远处，靠近轨道旁边的灯光，模模糊糊地在苍苍茫茫雪的世界里照耀，天盖是一片乌黑的。

　　我就寝的时候，我还没有忘却刚才谈话时的情景。

——啊，年华，竟这般地能够敲动人们的心扉！它恐怕才是宰杀壮志的唯一利刃！

年假过后，良子忽然不见了：我以为她或者被主人辞退了。

——人生无缘无故地相逢，又常常是静悄悄地便永别了，我这样想，我心里是怏怏的。

过了几天，我正在房里读书，她——良子，忽然又在门处发现了。我真忍不住地狂喜起来。

"使你惊讶了吧？你以为我是不再回来的？"

她带来了许多相片给我看，她还说再回去的时候，拿一张她所最喜欢的赠给我。

春天并不是东风带来的，她好像被阵阵的微雨浸洗了出来。树木、野草，一天比一天地茵绿了，当初像鹿皮似的山坡，现在已经添了一番葱茏的气象了。

梅、桃，都随着花信风吹得先后的开放，我要回国的时候，正传说上野的樱花，已有三分开意的消息。

唉，我真是舍不得这里，舍不得这里的一切！

临行的前夕，我依旧沿着坡路归向我的住所，那落日时分的天上的彩霞，由橙黄而桃红而深红，而绛紫而茄紫……

回到房里，自然要倚着西窗，让我的眼睛作一度最后的收获。

落日已经沉在地平线下了，还有余晖在富士峰后映射。夕霭已经浓厚了，不久就蕴满了冈下那一片低田，望过去真仿佛是一片茫茫的烟海，那几点藏在松林背后的灯光，陪衬得如同几个扁叶渔舟，送过荧荧的灯火一般。

那个劳苦的女子——良子，又有几天不见了。是被那个年轻多嫉的主妇辞退了呢？还是为回去取相片呢？明天此时，虽然窗外景色如旧，可是这房里已经变成空空的了。

果然是，人生无缘无故地相逢，又静悄悄地永别了！我离楸之寮最后的一刻，也没有看见良子的倩影……

一九三〇年六月改作

曼 青 姑 娘

曼青姑娘，现在大约已经做了人家的贤妻良母；不然，也许还在那烟花般的世界里度着她的生涯。

在亲爱的丈夫的怀抱里，娇儿女的面前，她不会想到那云烟般的往事了，在迎欢，卖笑，妩媚人的当儿，一定的，她更不会想到这芸芸的众生里，还有我这么一个人存在着，并且，有时还忆起她所不能回忆得到的——那些消灭了的幻景。

现在想起来，在灯下坐着高板凳，一句一句热心地教她读书的是我；在白墙上写黑字，黑墙上写白字骂她的也是我；一度一度地，在激情下切恨她的是我；一度一度地，当着冷静，理智罩在心底的时刻，怜悯她、同情她的又是我……

她是我们早年的一个邻居，她们的家，简单极了，两间屋子，便装满了她们所有的一切。同她曼青姑娘住在一起的是她的母亲；听说丈夫是有的，他在很远很远的地方做着官吏。

每天，她不做衣，她也不缝衣。她的眉毛好像生着为发愁来的，终日地总是蹙在一起。旁人看见她这种样子，都暗暗地说曼青姑娘太寂寥了。

作邻居不久，我们便很熟悉了。不知是怎么一种念头，她想认字读书了，于是就请我当作她的先生。我那时一点也没有推辞，而且很勇敢地应允了；虽然那时我还是一个高小没有毕业的学生。

"人，手，足，刀，尺。"我用食指一个一个地指。

"人，手，足，刀，尺。"她小心翼翼地点着头读。

…………

我们没有假期，每天我这位热心的先生，总是高高地坐在凳上，舌敝唇焦地教她。不到一个月的工夫，差不多就教完"初等国文教科书"第一册了。

换到第二册，我又给她添了讲解，她似乎听得更津津有味地起来。

"园中花，朵朵红。我呼姊姊，快来看花。"

…………

"懂了吗？"

"嗯——"

"真懂了吗？不懂的要问，我还可以替你再讲的。"

"那——"

"那么明天我问！"我说的时候很郑重，心里却很高兴。我好像真个是一个先生了；而且能够摆出了一点先生的架子似的。

然而，这位先生终于是一个孩子，有时因为一点小事便恼怒了。在白墙上用炭写了许多"郭曼青"；在黑墙上又用粉笔写了许多"郭曼青"。罢教三日，这是常有的事。到了恢复的时候，她每每不高兴地咕噜着！

"你尽写我的名字。"

现在想起来也真好笑，要不是我教会了她的名字，她怎么会知道我写的是她的名字呢？

几个月的成绩如何，我并没有实际考察过，但最低的限度，她已经是一个能够认识她自己名字的人。

哥哥病的时候，她们早已迁到旁的地方去了，哥哥死后，母亲倒有一次提过曼青姑娘的事，那时我还不很懂呢。母亲说：

"郭家的姑娘不是一个好人。有一次你哥哥从学校回来，已经夜了，是她出去开的门，她捏你哥哥的手……"

"哥哥呢？"

"没有睬她。"

我想起哥哥在的时候，他每逢遇着曼青姑娘，总是和蔼地笑，也不为礼。曼青姑娘呢，报之以笑，但笑过后便把头低下去了。

曼青姑娘的模样，我到现在还是记得清清楚楚的，她的眼睛并不很大，可是眯着最媚人；她的身材不很高，可是确有袅娜的风姿。在我记忆中的女人，大约曼青姑娘是最美丽的了。同时，她母亲的模样，在我脑中也铭刻着最深的印象；我从来没有见过那样神秘，鬼蜮难看的女人。的确，她真仿佛我从故事里听来的巫婆一样；她或者真是一个人间的典型的巫婆也未可知。

她们虽然离开我们了，而曼青姑娘的母亲，还是不断地来找我们。逢到母亲忧郁的时候，她也装成一副带愁的面孔陪着，母亲提起了我的哥哥，她也便说起我的哥哥。

"真是怪可惜的，那么一个聪明秀气，那么一个温和谦雅的人……我和姑娘；谁不夸他好呢？偏偏不长寿……"

母亲如果提到曼青姑娘，她于是又说起了她。

"姑娘也是一个命苦的人，这些日子尽阴自哭了，问她为什么，她也不肯说。汤先生——那个在这地做官的——还是春天来过一封信，寄了几十块钱，说夏天要把姑娘接回南……可是直到现在，也没有见他的影子。"

说完了是长吁短叹，好像人世难过似的。

她每次来，都要带着一两个大小的包袱，当她临走的时候，才从容，似乎顺便地说：

"这是半匹最好的华丝葛，只卖十块钱；这是半打丝袜子，只卖五块……这些东西要在店里买去，双倍的价钱恐怕也买不来的。留下一点吧，我是替旁人弄钱，如果要，还可以再少一点的，因为都不是外人……"

母亲被她这种花言巧语蛊惑着，上当恐怕不止一次了。后来渐渐窥破了她的伎俩，便不再买她的东西了。母亲也发现了她同时是一个可怕的巫婆吗？我不知道。

我到了哥哥那样年龄，我也住到学校的宿舍里去。每逢回家听见母亲提到曼青姑娘的事，已不似以前那样的茫然。后来我又曾听说过，我们的米，我们的煤，我们的钱，都时常被父亲遣人送到曼青姑娘家里去，也许吧，人家要说这是济人之急的，但我对于这种博大的同情，分外的施与，总是禁不住地怀疑。

啊，我想起来了，那丝袜的来源，那绸缎的赠送者了……那是不是一群愚笨可笑的呆子呢？

美女的笑，给你，也会给他，给了一切的人。巫婆的计，售你，也会售他；售了一切的人。

曼青姑娘是一个桃花般的女子，她的颜色，恐怕都是吸来了无数人们的血液化成的。

在激情下我切齿恨她了；同时我也切齿恨了所有人类的那种丑恶的根性！

曼青姑娘，听说后来又几度地嫁过男人，最后，终于被她母亲卖到娼家去了。

究竟摆脱不过的是人类的丑恶的根性，还是敌不过那巫婆的诡计呢？我有时一想到郭家的事，便这样被没有答案地愤恨而哽怅着。

然而，很凑巧地，后来我又听人说到曼青姑娘了；说她是从幼抱来的，她所唤的母亲，并不是生她的母亲，而是一个世间的巫婆。

在冷静独思的当儿，理智罩在我心底的时刻，我又不得不替曼青姑娘这样想了：她的言笑，她的举止，她的一切，恐怕那都是鞭笞下的产物；她的肉体和灵魂，长期被人蹂躏而玩弄着；她的青春没有一朵花，只换来了几个金钱，装在那个巫婆的口袋里罢了……

在这广大而扰攘的世间，她才是一个最可怜而且孤独的人。怜悯她的，同情她的固然没有，就是知道她的人，恐怕也没有几个吧。

一九三〇年七月改作

随笔（四则）

一、韩学监

七八年以前，我正在城北的 F 中学里读书。那时我不知怎样会成了全校的一朵异花，不，也可以说是三百多同学的矢的。到现在回想起来，我也不能明白那些似乎疯狂了的同学们，他们对于一个天真烂漫的孩子，是抱了爱意的相亲，还是存着恶意的缠闹。

再也没有比那时更苦恼的了，我进 F 中学的那年，便是我初次离开家的一年。看见那整齐而庄严的校舍，虽然从心里暗喜，暗喜我已经是一个中学生，但是身子一走进学生宿舍，便不觉感到寂寞与孤独的酸味了：那薄薄的两块板，那漆黑而古旧的书桌，那晦暗透不过光明来的玻璃窗……都使我抑郁。想到自己在家里的小屋，有自己睡惯了的小床，用惯了的小桌和小凳，它们永远是亲切地迎待我，决不像这宿舍里的一切东西，冷冰冰的，要我低声下气地去俯就它们。

所谓我的一切同学，一个个都老得像我在小学里的先生们了。结婚，不要说；孩子大概都已经有了。我暗察他们的面庞与眼色，除了使我厌恶嫌避之外，实在没有一个可亲的。

最不幸而苦恼的事，恐怕我遭遇得也最多了。和我一个寝室住的几个同学，偏偏还是几个不但使我嫌厌，而且使我恐怖的人。他们之中，有两个是带着丘八气的兄弟，另外还有一对是富于参谋性的策士，也是兄弟，其余还有一个禀赋着牛力的大汉——听说他的家乡是以眼药出名的定县，然而他的眼色，似乎并不高明，而且极度地狞恶。此外还有一个表面很和蔼的李君，他是当时学监兼舍监陆先生的外甥。讲起他的身份，在我们寝室里恐怕最显贵了。高昂地，他那种傲然的气概，时时会从他冷笑的牙缝里透出来。

在这样人才济济的同寝室之中，可惜我只是一只孤独被压迫的羔羊。他们谈笑自若，他们联成了一条强悍的战线。

存了挑战态度的他们，自然时时想着和我寻衅，他们会放步哨，派侦探，下动员令……而我呢，只有让防或逃阵的方法避免和他们接触。不过每次的结果，败绩的我，蒙头在被里哭泣一阵，凯旋了的他们，聚集着放几声洪亮的欢笑。那时掌着最高裁判权柄的陆先生——学监兼舍监，公理或者尽在他的怀里，但一想到他是李君的舅父，我再也没有一点勇气去诉冤了。

差不多每天打过熄灯铃后，我总要等很久很久才能入睡的。有时候悄悄地又起来，悄悄地在宿舍的小院里踱来踱去的。看看满天的星辰在闪烁，晚归的流萤，在檐头或墙角处一明一灭地逗着我凄楚。唉，那些在小学里的爱我的先生，那些常常和我一起游戏的小朋友们，现在已经都不在我的眼前与身边了。还有，那最会疼爱我的母亲，她一天一天地盼望着星期六的下午，盼着我回去，给我预备了我所爱吃的东西，问长问短的……我想起家里那边的温柔和爱，我又想起了这里的冷酷凄凉了。在两相比较之下，真是禁不住地把我那可爱的童年的心地上，刻画了许多深浅凹凸的痕迹！

真无怪那时每逢写到信，总离不了"人地生疏，寂寞万状……"等滥调。记得那时还订过一本小册子，题名"无聊寄恨"，那上面也无非写满了"呜呼！……嗟呼！……人生！……"等等感伤的牢骚罢了。

第一个学期终于挨度过去了，我离开宿舍的那一天，真好像笼鸟得着施放；由监狱泳到彼岸了！

家里的人都说我沉默多了，好像大人；是的，一个满身疮痍的人，他没有余力欢跳了，至多，他能笑一笑，那是为的止住哭。

第二个学期开始了，同寝室的几个都已调换。学校里倒依旧没有什么更动。那位学监兼舍监陆先生——我这里这样称他先生，其实当时的同学们都喊他的绰号陆嬷嬷，还依旧高在其位。不知什么缘故，全校都渐渐对他厌恶了。讨厌他的言语和腔调，讨厌他的举止、动作、容貌……总之是讨厌他的一切，因为他整个像一个妈妈。

在无言的时间的进程中，我在校里却渐渐得着人缘了——但，天！我是不稀罕这种"缘"的！它真如同春风般地吹遍了全校；洪水般地泛滥到每个人的耳里了。那时，我好像立在 F 中学校的旗杆上了，没有一个人不知道的，就连校长，或者是夫役。

越是高年级的同学，好像越是癫狂，他们整天成群结队地呼嚣，狂笑，咳嗽，或鼓掌。他们有时候牺牲了他们的上课时间，就为立在院里和我一见。我理一次发，他们奇怪；我换一件衣服，他们也奇怪。我每次都被他们品评得把脸涨红了，他们仿佛才得胜一般地散去了。

那时候食堂、盥漱室、贩卖部、操场……都是我的畏途。一天之内，除了上课的时间好像受了相当的保险以外，其余每时都有被拖被绑的恐怖。有时候被拖到他们的寝室里去，他们铁桶似的围着我，有的摇头摆尾，做出许多滑稽古怪的样子逗我笑，我真是莫名其妙，我笑了又有什么值得可看的呢？

委实地，我当时是全校里一个最得不到安宁与自在的小学生了。

就在这哭笑不得的氛围中，我又度过去一个学期。暑假后我便是二年生了。校中虽则走了两班会闹的老学生，添了两班还寻不清门路的新生，但这些好像于我没有什么关系，我是依然感着不安宁与不自在的。

大约是初冬吧，陆妈妈终于辞职了，全校人心一快。这时最紧要的消息，就是关于候补人选究竟是谁的问题了；可是传言不定，众说纷纭，大家都是翘首盼望着新学监的出现。

后来，布告出来了，新聘的学监姓韩，听说他是新才从美国回来的。

韩学监莅校的那天，全体的学生都集在大礼堂里预备欢迎他，把偌大的礼堂，挤得水泄不通了，这是我到中学后历来未曾见过的一种盛况。

校长作过简单的介绍后，于是大家都聚精会神地把目光移到韩学监的一个人身上了。他从容地走到坛前，笑容可掬地向大家鞠了一躬，停了一会儿，他便开始了他的演辞。

大意是说：我也是新从学校里出来，我实在不敢当称这个学监的职分……我并不懂怎样管学生的……只要不出乎学校里的规矩，大家尽可以活泼地玩，我从来不喜欢那些年轻的人，一个一个都像书呆子……

自然地，比起陆妈妈那以严格，专制政策自命的，真是不可以道里计了！那时立在台旁的校长，好像意想不到他会请来了这么一个会尽教学生玩的学监，他不是摸一摸胡子，就是望一望台上的韩学监，他的墨色眼睛放射出来的光线，在大礼堂里晃来晃去。

韩学监演说了一点多钟，无论从言语方面、学问方面、态度方面……都是令人景仰的。他的演说乍一止，热烈的，如雷般的掌声便在大礼堂里震动了。那时，我欢迎韩学监，也正如同大家欢迎韩学监的心理一样。

　　一星期过后，我们第一次上韩学监的集会班，礼堂上的人，差不多还和他初到校的那天一般多。我们猜想他即或不讲"四维"，"敬师长说"，也要讲一点美国教育概况的，但，全不是的，他的题材，完全是出乎我们意料之外。

　　"今天我要对大家说的，就是关于这一周来我在学校里发现的一点东西……"韩学监时时用手摸着他背心上挂的一条表钟，和蔼地继续说。

　　"这种习气，或者不专专在我们学校里，然而我总希望我们学校里不要有它……

　　"都是一样的同学，为什么要把人家当作女性呢？我不知道××是谁，但我想他一定被你们包围的，一定时时都受你们的欺负……

　　"我在学校的墙壁上，看见了许多粉笔字，写来写去地无非是写的人想占些便宜。这礼堂背后的一条过路墙上，就是写了很多很多的……"

　　这时，礼堂里的人头，都在攒动了，还有许多人回头，仿佛寻找谁似的。幸亏我身材低，又坐在后面。所以没有被许多人发现。韩学监的话，仍然继续着。

　　"什么'某某是某某的妻'，'我爱某某'……这些话，写来有什么用处呢？果真写了这些便是真的了吗？这正是代表那人是无聊的。我希望这些粉笔字，在我没有发现的地方，谁写的谁还擦去，我所看见的大约都叫堂役刷净了。"

　　我当时在礼堂里真是惶羞得什么似的，因为那些粉笔字，连我自己也没有怎么看见过。韩学监在这第一次集会班里便提出了这一桩事，这一点钟的演说，似乎完全为了我一个人，真是给我出了一口大气，我想。

不久，韩学监便认识我了，我也不时地便到他房里去。

从此，韩学监就好像成了我的一个保护者；因为同学们都对他敬爱，所以我并没有受什么外来的反感。

我好像渐渐从旗杆上落到平地了，F 中学的重心，也就渐渐移到韩学监一个人的足下。

然而，在校长的心里，已经收藏了许多从他墨色眼镜里的见到的东西了。终于因为重心转移的问题，校长把韩学监又辞换了。韩学监走了之后，学校里曾起过多次的风潮，多次危险的斗争……

我不久就转到旁的学校去了。

前年我从远道归来，在平津的火车里遇见过韩学监一次，我们都是风尘仆仆的，彼此望着被风尘消毁了的面庞。

"你还记得当年在 F 中学的事吗？"他揉着掌，望了我一眼，又把视线急忙投到车窗外边去了。

我记得我当时没有回答出什么，我倒是笑了笑。过去毕竟是过去了，当年那些疯狂似的同学们，恐怕也有不少的去作旁人的学监了……

弟弟现在也在城北的 F 中学里，他说当初的礼堂，已经改了教员休息室；当初韩学监住的地方，已经改建了图书馆；当初的寝室，现在只是堆积着东西……

F 中学，真有多少年没有去过。我去，我也不会再找到当初的许多陈迹了！

韩学监的家，现在大约还是住在什刹海的北岸，我想到这里，我心里仿佛找着一些慰安似的了。

二、童年之友

十年来徘徊在她们的门外，那槐荫下的大门，几乎在我的眼里映过上千的次数了；然而，我所渴望的人，我童年的友伴，终于没有邂逅过一次。

这大约是人间的通性，一个病在床上的老人，他会想到许许多多故乡的土产，虽然这些土产就是萝卜、青菜或芋头……同样的一个思春期的青年，他无论怎样憧憬着锦般的未来，神般的偶像，但他决不会忘记了他的童年的友伴。童年的友伴，好像距他最近，也了解他最深似的。

童年恐怕才是人生的故乡，童年所经过的每"椿事"，就好像是故乡里所生的每种土产了。

谁都禁不住地要系念他的故乡与土产，但谁能够回到他"人生"的故乡，在那里还采集着土产呢？……

回想，唯有回想了；也正如同纸上的画饼与梅子：充不了饥肠，也止不住口渴。

敏，她是我童年的唯一的友伴，她比我小两岁，从六七岁我们便在一起了。那时我们的家也在那槐荫下的大门里。大门里有三个院子，我们住在最前边，她们住在最后边；中间隔着一个花园，花园的前边还住着一位史太太。史太太也有一个女儿，她的名字我已经忘记了。

弟弟那时是红菊姊带着，能够单独在一起玩的只有我和敏和史家的姑娘三个人。不过史家的姑娘也和我们不很好的，因为我和敏时冷待她。我们玩的时候，不在后院，便在前院，史太太那里我们是很少去的。不过有时候敏和我闹恼了，她偏偏喜欢到史太太廊子上的柱前去哭，用袖子把眼睛拭得通红的，好像要宣示给人家，她实在受了我的委屈了。

她每逢哭了，史太太便揭开帘子趁机说；

"我叫你不要和他玩吧？男孩子总是会欺负人的；姑娘和姑娘在一起玩，再也不会打起来。"

假使当时我的母亲或她的母亲出来讯问，史太太又这样说了：

"大人们真不能为孩子劝架，好起来是她们，恼起来也是他们。香的时候就恨不得穿一条连裆裤，臭了比狗屎还臭……"

接着便是史太太张着金牙的嘴大笑。

其实，我从来没有欺负过敏，每次哭，大约都是因为她要撒娇。有几次她在史太太的廊子上哭，我趁着没有人出来的时候悄悄拉她几把，她便又带着鼻涕笑了。

"一哭一笑，小猫上吊。"我把右手的食指，放在鼻上羞她。

她跑了，我知道风波平静了。她跑到花园，我便也跟到花园，在花园里，我们又重新是一对亲密的伴侣了。

那时候的敏，在我眼里真是一个最美丽的仙子了。她一笑，我的世界就是阳春骀荡；她一哭，我的世界顿时又变得苦雨凄风了。最有趣的，莫过于她娇嗔我了，她以为我怕她，其实我尽蹲在一边看她那对乌黑浑圆发亮的眸子。她支持的时间愈长，我感到的快活也仿佛愈浓似的。

真的，我每逢回想到童年时候奇怪的性格，我脸上便禁不住地要频频发烧了。在女性的面前，我从来不以那些装出的骑士或英雄的风度为荣；就是被她们虐待着，压迫着，在我也并不以为耻辱。童年，我或者被敏骂过，唾过，也许还被她打过，但在我的身上，丝毫不曾留下一点伤痕。我真是懊悔，我如果留着那种伤痕，我是怎样地感着酥痒而快活的啊！

从六七岁一直到十三四，我们双双的足迹，大概已经把那个偌大的花园踏遍了，或者重复了又重复吧。年龄渐渐大了，跳着跑着的游戏，也渐渐稀少了。后来我们常常默默坐在廊下或窗前，翻阅图画册子，或者读一些浅近的童话。

记得我有一次曾在她面前夸耀过我在小学展览会里的成绩，她有一次也给我说过一个她最得意的故事。那故事我到如今还记得的，大意是当初有过一个鞋匠，他一次用鞋底击过十个苍蝇，他的绰号是嘻嘻哈哈，一击十个……

当着我们眼睛光碰到一起，或者并坐着觉得彼此的肩背已经靠得温暖了的时候，我们便又不好意思地离开了。莫非那时已经有了一个"魔"，不时地拖我们相亲，不时地又用力把我们分离吗？……

我们的家，已经从她们那里迁出十多年了。在这十多年里，我和敏的天地，几乎完全隔绝了；虽然我们还是同在一个城圈里，相隔不远的。

母亲在的时候，还有时谈起敏，又提到我的婚姻。母亲去世之后，只有我一个人在夜深时，孤独地，辗转着系念她了。白日里。每一兴奋起来，便要跑到她们的门前去，我想进去会她，我没有勇气；我想等待着和她一见，也总没有那么一次相巧的机会。我默默地在她的门前徘徊，我的心，似乎比那槐荫还更阴沉……

前年的秋天，听说敏的母亲病重了，我于是鼓着我的勇气，我想亲自到那槐荫下的大门里探问她们了。

我两手虔诚地捧着我那"希望"的花蕾——那蕴藏在我的心园，十多年来未曾放过的一枝花蕾，战战兢兢地叫开了她们的门扉，我又如梦一般地走进了她们的庭院了；我是如梦一般地坐在敏的寝室里。我四处张望，我没有找到敏的踪影。

她好像是刚才艳装出去了；她的妆台上放着一盆乳白的带温的脸水，还放着揭着盖儿的香粉，胭脂，……床上团着锦被，绒枕；壁上挂着许多电影的明星……那一件一件时髦的衣裳，也都零乱得没有收起……

我悄悄走进往日的花园，往日盛开着一切的花园，现在已荒芜而废弃了。只有几株皱皮的枣树，还东倒西歪地倚在墙头。他们好像是年老的园丁，只有厮守着这里，而无心再顾这满目荒凉的景象了。

青春的花园，已经颓老了，失却红颜的女子，还在向她们的颊上涂抹粉脂！

去年的秋天，我真的有一次遇见敏了。

和她携手欢笑的是一个"明星"般的少年，而在她的眼前过去的——一个童年的友伴，竟没有得她一睬呢。

唉，那蕴藏在我的心园里，十多年来未曾放过的一枝花蕾——我永远不曾想着把它遗弃的一枝花蕾，现在我已经无处亦无法捧赠我那童年的友伴了；去吧，我心里低低地说着——

——让这枝花蕾，还是在你自己的那双高底鞋跟下践踏了吧；我的心园已经冰凉了，它迟早地会死去的……

——去吧！你希望，你娼妓！

…………

那病在床上的老人，我祝他早早健康起来；那徘徊于爱人门外的青年，也快快地回转过头来吧！

"人生"的故乡，毕竟是归不得的，聪明人，莫再回想你们的童年了！不要踌躇地向前进，大道和果园，焉知道不展在你的眼前呢？

三、哥哥的死

在沉寂的，将近午时的空气中，突然听见母亲的哭声了，我急忙跑到北屋去了。

哥哥笔直躺在床的当中，那些从鼻孔里流溢出来的褐黄色安眠药水，已经把他的两颊和腮下染得一片模糊了。母亲紧紧伏在他的枕畔痛哭着，她的手，一下一下用力地捶着床沿和她自己的胸脯。

——怎么？在这样大声地哭号中，哥哥怎么一动也不动呢？……

因为我是第一次临着这人生最后的一场，我的脑中才迸出了这个疑问，但不久，四围的情景告诉我：

哥哥是死了！

我放声地哭了出来，我看见母亲和弟弟的可怜的样子，我哭得更痛切了；尤其是，平素哥哥所讨厌的仆人也在一旁流涕，这使我悲痛上又加悲痛了：连他们也都可惜我的哥哥吗？

母亲叫我和弟弟到堂屋里吃饭去，但谁也不能下咽了。望见壁上哥哥的相片，又不禁跑到相片前面哭起来了，其实，真的哥哥还在隔壁的床上躺着，只因为是一个紧闭了眼睛，怪骇怕的相貌，所以我和弟弟仍旧向相片上寻着我们那个笑容的哥哥了。父亲从外边回来的时刻，全家又是一度沸腾了般的哭号。

"正是十二点钟的左右，我坐的一辆车子偏偏在路上断轴了……"父亲哽咽地继续着说，"唉，毕竟是不祥之兆，骨肉分离！……"

我们听了父亲的话，毛发悚然了！

恐怖与阴霾罩满了的一日，不久就是夕暮的时刻了。太阳落去之后，全个的世界，仿佛都被幽灵占去。平时最胆怯的我和弟弟，又明明记着"死"和"鬼"是有关联的一回事情，我们觉得现在的心里，混着变了像的哥哥，青面獠牙的鬼，穿着黑衣服恐怖的死神……我们的心，忐忑着，激跳着，一刻比一刻地紧急。……

第二天是哥哥入殓的日子，母亲叮嘱我和弟到外边游玩一天去。当我从堂屋门口经过时，一眼便瞥见哥哥的尸身，已经静静地放在屋子的当中了，他的身上蒙了一条黄色的经被，乌黑的一丛头发，却还露在经被的外面……

记得那天我是同弟弟到一个很远很远的庙会去的，庙里有许多卖甘蔗的摊子，那正是阳春的天气。

我们回家的时候，哥哥已经装进一口漆黑的棺里，高高停在板凳上面了。屋子和院里，都嗅得着一种石炭酸（苯酚，编者注）的气味，在这气味里，好像四围更低压而且寂静了。

母亲说，哥哥的东西都给哥哥带去了：他的证书，放在身边，他的徽章，挂在胸前，他的一支赭色的水笔，也依旧插在他的襟上……他统身的衣服是新的，头上还戴着一顶黑色的礼帽……

"直到入殓的时候，他的两只眼睛还没有瞑尽……"母亲说到这里，又痛切地失声了。

在治丧的期间，不时地就有人来吊唁。有的立在灵前读着沉痛的祭文，读罢了又用烛火焚去；有的抚棺痛哭一阵，哭罢还要带着余哀回去；虽然也有些默默鞠罢三躬掉头便走的，可是在他们的面上，也可以同样地找出那种深深惋惜的表情……

自然地，那都是哥哥生前的好友，好友中丧去一个，就如同你自己的身体与灵魂也死去一半了！诗人不是这样说过吗？

可怕的时间的过隙，真如同一条飞奔的瀑布：多少的砂石，被它冲泄下去；多少的泡沫，是瞬间地诞生，又瞬间的泯灭！

没有几天的工夫，哥哥的灵柩，便围在许多花环中移出去了。母亲一直哭送到门外。那是和她永诀的长子，是她倚门再也不能望到的长子！

那些预先和哥哥订好了一同放洋的朋友们，不久就听说都按着船期走了。

是的，无论怎么样伟大的前程，锦绣的来日，都是要生者去走去行的，但是，哥哥死了，哥哥的一切都休止了！

…………

虽然哥哥才死了十多年，在社会上，有时偶尔听到一两个耳熟的人名——哥哥的朋友，已经觉得是隔世一般了。可是这一两个名字，仿佛对我越发亲切了似的——其实，他们又哪里会知道我是知道他们的呢？

对于终古如斯的"人潮"，打上来，淘下去，升了，沉了，我只是茫茫然的，我并不觉什么悲戚。就是想到早已死去的哥哥，我也不再徒自流泪了。

然而，有时在极微细的感印中，偏偏又抚着那一把悲哀的钥匙了。譬如在阳春时候的甘蔗，在世界的任何处，任何人的口里，恐怕都是最甜的东西，然而每每在我咀嚼过后，我仿佛尝到里面还含着一种酸苦的余味似的。有时候在路上逢着那些活泼泼挂着和哥哥同学校的徽章的青年，或者襟上也是插着一支褐色水笔的人们，我心里便又黯然下去了……

触景兴感，原是人的常情，我不再奇怪它。不过我时时被浸在一种悲哀的深渊里，那是我不能得到解脱的——

我时时刻刻在期望着我的弟弟能够前进与努力，但结果总是使我感到一种失望的悲哀。当我悲哀的时候，我并不反悔我那种期望是错误的。不是嘛，我现在常常想到我的哥哥——也许当时我太年幼吧，他对于我，好像并没有什么希望与期待似的，以致直到现在，我还深深感着一种空幻的、孤独的、漠然的悲哀！

十年来虽然在梦中还时时逢着不死的哥哥，但他从来还不曾为我解去这个悲哀的结扣呢。

四、芸姊

有些时候，我真想从篓底或箱中翻出那些壮年的日记册子，重新把我和芸姊初恋的史页细细回味一下；但一想到这里，那暖暖的，绵绵的过往一切，好像已经罩在我的目前了：他仿佛是一个阳春的早晨，朝暾含着白雾，白雾里裹着朝暾……

我认识芸姊，正是在八年前的一个春天。我记得初次见着她的时候，一句话也说不出来，羞红着脸便跑到我自己的房里去了。我从来是一个怕见生人的人，何况那时芸姊又是一个比我长两岁的异性的姑娘呢？然而芸姊并不肯放松我，她随着就从堂屋追到我这边来了。说话，也是她先开口的：

"你为什么要和我这样生疏？我们以后就和姊姊弟弟一样的了。"

我没有说出什么话来，或者因为我受宠若惊，一切都驯服在她的裙下了。

第二次相见的时候，她送了我一个花钱袋——是她自己织的。后来，我不知怎么她才给我缝好了夹袍，又要给我缝绸背心了。有时，她说端阳节来，其实在端阳节以前，她已经来过好几次了。

那年的春光，总算把我童心融开了；我开始在我的青春史上印迹，从第一页，第一行，便尽让芸姊占去了。

仅仅地，只有几个月的过隙，芸姊便被迫着出嫁了。虽然在嫁前她是那般地自苦而且慰我，嫁后又是那般地体贴而且慰我，但是，我的青春的史页，从此便空空的没有什么了……

她出嫁的那一天，下了一天的倾盆大雨，从早到晚，一刻也没有停止。

在她嫁期以前，我已经说过那天我是不去的，所以醒来听见雨声，自己并不觉得怎样失望。不过，这雨下得过于大了，偏偏逢着芸姊出嫁这一天，好像天是有意玩弄人们，把人们的兴头都打消了。

母亲、弟弟和仆人，不久都冒着雨，接踵地去了，关在家里听雨的，只剩了我一个人。我心里想着芸姊的家里，这时是怎样的忙乱，怎样的喧杂，一切的声音，是怎样地和这雨声织在一起；而她，钟爱我的芸姊，外面是怎样地沉默，心里又是怎样地凄惶，而感到一种燃烧似的不安啊！她的母亲不能了解她，她的亲友们更是和她隔阂了；而能够知道她的，她可钟爱的人，不偏偏说了今天不来的……

我不断地设想，我又不断地替芸姊难过起来了。我怅惘，我懊悔，我太孩子气了！

近午的时候，秦妈——我们的女仆，从她们那里匆匆地跑回来了，一直便进了我的屋子，说：

"叫你去呢，她们都请你快快去呢！"

"我不去，我说了不去了。"

"车都给你叫好了，快去吧！"她微笑着等我的回答；我仍然不作声。

"去呢，去呢。"秦妈的声音变得低了。

"芸姑娘说，你不去，她也不上轿。"

我心里真是踌躇起来了，而秦妈依然仰着脸向我笑。她是唯一知道我和芸姊的人，所以我被她笑得更不好意思了。

"你想，也不能让我为难啊——"

我终于被她拽走了。

我到了芸姊的家里，全院的宾友都用异样的眼光看我。我一直走到芸姊的房里，房里只有她的母亲和我的母亲两个人伴着她。

"你看，你的弟弟来了吧！"我们的母亲，异口同声地说，仿佛都要欢喜得叫出来了。芸姊这时把头轻轻抬了起来，莹莹的一双眸子，把我的全身打量了一遍，又重复把头低下去了。

不久，芸姊的母亲和我的母亲，都先后出去了，把门虚虚地掩着——我不知她们是有意还是无意。

"你到这边来坐呢。"她愿意我坐得靠近她，坐到她的床边去。

我忸怩地如她所愿了。

她穿着一身蜜色的衬衣，扣子也没有扣全。她的头发是蓬散着，脸上有着不少的干了的泪迹。真的，她一点也不像一个将要，不，即要做新娘的人；她更不像是今天全舞台上的一个喜剧的主人公了。

"弟弟，你应当想开了一点才对呢……"

她几番地这样劝慰我，好像这一句话，要安慰我到终生似的。

我哽咽着连一个字也说不出来，我心里仿佛如麻般的零乱，芒刺般的隐痛着。那时，我的确忘却我自己在哪里了，就是房外的人声，窗外的雨声，我也一点感觉不到了。

她说的话，其实正是我应该对她说的；我不知那时我怎么竟那样的麻木，胆怯！我自始至终，差不多连一句完整的话也没有说出口来！

唉，虽不是恨不相逢未嫁时，但也是生米熟饭了！

她的手，我不知什么时候已经按在我的手上了，当我发觉的时候，我也把我的手反转过来，让手心对着手心，彼此重新握着，又紧紧地握着。我们虽然都沉默了，但手里的汗液，好像湿津津地透出了我们的心意了——我们那种不能言传的幽怨，苦恼……

我不知这样过了多少时刻，她的母亲后来走进房里了。

"姑娘，不早了，该梳妆了。"

随着，又走进一个满头插着红花的中年妇人，那大约就是为芸姊梳妆来的。她们不断地催妆，我就悄悄地走了。

芸姊，钟爱我的芸姊，毕竟在哭声和雨声中出嫁了……

在芸姊的嫁后两个多月，她有一次又同着她的母亲来访问我们来了。她的母亲和我的母亲在一起谈话，而芸姊一天都伴着我在一个小书房里。在默默地对坐中，我们心里所感到的那种蕴蓄的压迫，激烈的勃动，仿佛还和她未嫁以前，我们初见的时候一样。

那种压迫与心悸，仍然没有一个机会轻释或泄露，四周的沉默空气，使人窒息而可怕了！

我呆呆地回想着我们的过往，而芸姊，却不知什么时候已经啜泣起来了……

虽然我想立刻投在她的怀抱里让她抚爱我，让我的体温，温暖了她那颗冷寂的心，但是我更局促了，局促得几乎要使我从她面前逃脱出来才好。

真的，一个满怀都像燃烧起来了，一个是四肢仿佛都麻痹而痉挛了……

我不知后来是神还是魔的力量，我们的脸会偎在一起了，觉得热灼灼地，我们的眸子对着眸子，仿佛电般地交流着；还有，我的唇吞着她的唇，像一个婴儿吮乳一般地……

不要说蜗牛是怯懦无为的，它也会渐渐走到了水草的所在的……

芸姊头上的一根翡翠簪子，不知什么时候被折断了。她怅然地持着碎屑，好像没有着落了似的。

——啊，翡翠成了碎屑了！还能使它完整吗？我看：眼前的情景，我也恨不得把自己的身子研成粉末了！

唉，这是运命的摆弄吗？这成了我们千古间的一个污点了！

黄昏到了，室内的光线，完全是灰暗的，我们在这幽灵般的氛围里，又重复沉默而拘涩起来，并且我们再也没有勇气互相看一眼了——啊，那永远不会磨灭的一个羞答答的模样！

也许，我们当时的眼睛都蒙眬了；我们初次饮了一杯人间的醇酒，我们都在爱的海里沉醉了。

晚餐没有吃，她们就走了，我把她们送出大门，声音很低微地说：

"再会了。"

芸姊回过头来，脉脉地望了我一眼。

"你回去吧，等到中秋，我还来呢。"

小巷是静静的，我恨它太短了！芸姊和她母亲的背影，不久就在我的眼底消失了……

那消失的不仅只是她们的背影，那半年来的梦般的陶醉的温爱，就从此和我离别了。当小巷里已经空寂，而我还独自伫立在门外的时候，我哪里会想到我青春的辰光，已从此便随着暮色黯淡了下去呢？……

那年的中秋，我终于盼到了；但是，浑圆的明月，只让他空空地悬在头顶，我那颗缺陷的心，竟没有钟爱我的人来抚扪了。

一年后一年地长逝了，我和芸姊不觉已经别了八度的中秋。年年的中秋，头顶都是空空地悬着团圆的明月，然而我心的缺陷处没有人来弥缝，所有的余零的青地，也都先后地荒芜了。畴昔，我还由缺陷的罅隙，流出待人不至的流水，让它冰凉地挂在脸上；现在呢，我的一切都枯竭而衰老了！现在我已经走上这辛苦而荆棘的成年路上，我只有凭吊那悄悄地，慢慢地消失了的青春而已。有时，我强为欢笑地想：我怨恨吗？不，不，我永远会记忆着，我爱过，我也被爱过；我曾有过青春的时候，我也曾有过一度青春灿烂的时候！

过去的八年中，听说芸姊已经做了几个儿女的母亲。她的家族，听说已经沦散了，她的父母，都是可怜地死在客地……

我的心，虽时刻地如焚地惦念着芸姊，但是没有机会重逢了。我恨不能寄在那春天的飞絮，秋天的落叶上面，让它把我带到芸姊的阶前窗下，让我飞绕着她的身边：即或道不出"平安"，也可以看一看她是否别来无恙。

唉，这都是梦吧！我但愿在芸姊不知道我的地方，我永远地为她祝福吧！

一九三〇年八月改作

家

低低的门，高高的白墙，当我走进天井，我又看见对面房子的许多小方格窗眼了。

拾阶登到楼上，四围是忧郁而晦暗的，那书架，那字画，那案上的文具，那檐头的竹帘……没有一样不是古香古色，虽然同我初遇，但仿佛已经都是旧识了。

我默默地坐下，我阴自地赞叹了：

啊！这静穆和平的家，他是爱的巢穴，心的归宿；他是倦者的故林，渴者的源泉……

我轻轻地笑了，在我的心底；我舒适地睡了，睡在我灵之摇篮里，一切都好像得其所以了！

但是只有一瞬，只有一息，我蓦地便又醒来了。这家，原不是我自己的。坐在对面的友人，他不是正在低首微笑吗？他是骄傲的微笑呢？还是怜悯的微笑呢？

啊，在这个世界上，我是一个永远漂泊的过客，我没有爱的巢穴，我也无所归宿；故林早已荒芜，源泉也都成了一片沙漠……

倘如，我已经把这些告诉了他，那么他的微笑，将如何的给我一种难堪啊！

我庆欣，我泰然了。我由自欺欺人的勾当，评定了友人的微笑了。这勾当良心或者不至于过责的，因为他是太渺小而可怜了！

…………

低低的门，高高的白墙，小小的窗格……这和平静穆的家，以前，我似乎有过一个的，以后，也许能有一个吧！

我仿佛又走进一个冥冥的国度去了，虽然身子还依旧坐在友人的对面，他的"家"里。

一九三〇年十月

夜

　　隔了一个夏天我又回到南京来，现在我是度着南京的第二个夏天。

　　当初在外边，逢到夏天便怀想到父亲的病，在这样的季候，常常唤起了我的忧郁和不安。

　　如今还是在外边，怀想却成了一块空白。夏天到来了，父亲的脸，父亲的肉，父亲的白白的胡须，怕在棺木里也会渐朽渐尽了吧？是在这样的季候了。

　　和弟弟分别的时候说：

　　"和父亲同年的一般人差不多都死光了，现在剩下的只有我们这一辈。"

　　一年一年地度了过去，我不晓得我的心是更寂寞了下去还是更宁静下去了。往昔我好像一匹驿马，从东到西；南一趟北一趟，长久地喘息着奔驰。如今不知怎么，拖到哪个站驿便是哪个站驿，而且我是这样需要休息，到了吧，到了那个站驿我便想驻留下来；就在这一个站驿里，永远使我休息。

　　这次回到南京来，我是再也不想动弹了。因为没有安适驻留的地方，索性就蹲在像槽一般大的妻的家里。我原想在这里闭两天的气，哪知道一个别了很久的老友又来临了。

　　这个槽，只有这样大，他也只得占一张小小的行军床为他的领地。

　　在夏夜，我常常是失眠的，每夜油灯捻小了过后，他们便都安然地就睡；灯不久也像疲惫了似的自己熄灭了。

我烦躁，我倾耳，我怎么也听不见一点声音，夜是这样的黑暗而沉寂，我委实不知道我竟歇在哪里。

莫名的烦躁，引起了我身上莫名的刺痒，莫名的刺痒，又引起了我的心上莫名的烦躁。

我决心划一支火柴，要把这夜的黑暗与沉寂一同撕开。

在刹那的光亮里，我看见那古旧了的板壁下面睡着我的老友，我的身边睡着我的妻。白的褥夜单上面，一颗一颗梨子子大的"南京虫"却在匆忙地奔驰。

火柴熄了，夜还是回到他的黑暗与沉寂。

吸血的东西在暗处。

朋友不时地短短地梦呓着。

妻也不时地短短地梦呓着。

我问他们，他们都没有答语。我恐怖地想：睡在这一个屋里的没有朋友也没有妻，他们只是两具人形，而且还像是被幽灵伏罩住的。

夜就是幽灵的。

我还是听不见什么声音，倘使蚊香的香灰落在盘里有声，那是被我听见的了。

我还是看不见什么东西，如果那一点点蚊香的红火头就是我看见的，那无宁说是他还在看着我们三个吧。

不知怎么，蚊香的火头，我看见两个了；幽灵像是携了我的手，我不知怎么就到了第二天的早晨。

第二天的早晨我等他们都醒了便问：

"昨天夜里你们做了什么梦？"

"没有。"笑嘻嘻的，都不记得了。"昨夜我不知怎么看见蚊香盘里两个红火头。"我带着昨夜的神秘来问。

"那是你的错觉。"朋友连我看见的也不承认了。

....

"多少年了，像老朋友这样的朋友却没有增加起来过。"

朋友不知怎么忽地想起了这样一句话说。

我沉默着。想起这次和弟弟分别时候的话来，又想补足了说：

"我们这一辈的也已经看着看着凋零了。"

春　雨

　　濛濛地遮迷了远近的山，悄悄地油绿了郊野的草；不断地在窗外织着一条轻薄闪光的丝帘。

　　春雨濡湿了一切，濡湿不了人家屋顶那升腾起来的炊烟。烟像一条黑龙，悠悠地在空中游泳；像一行秋雁，渐远渐远——以至不见。

　　滴在花瓣上的成了香泪，滢滢地，象征着薄命的哀怨。落在地上的相和泥土，虽然是无言地，但在足底，轮下，也发出一种最后的嘶声。

　　平明，薄暮，静静地听啊，

　　嘶——

　　春仿佛随着轮子远扬了。有时，

　　喳——喳——喳——

　　雨的幽灵在人们的足下诅咒了。

哀　乐

在夜更深的时候，我忽然醒觉了。不知从什么地方，正传过一阵一阵的哀乐，那是悠长的，低郁的，如诉如泣的。谛听了一会儿，我不知怎么自然而然地在黑暗里偷偷啜泣了。

我想不是我自己要醒觉来的，这哀乐，这悠长低郁的哀乐，它悄悄地把我灵魂的双扉敲动了。

古今都是一样的，富人的生，是荣华；富人的死，也是荣华；他们生死都是一样的荣华。贫人呢，生是寂寞，死是寂寞；恐怕生比死还要寂寞。

这哀乐，死者已不能复听了，恐怕只是为了表示富人们的子孙，虽哀犹荣吧？

让我感谢，我要感谢，它是没有代价的施舍，他施舍给我们贫困的生者：以悲哀的情调与寂寞的节奏。

我已经忘却了我的啜泣，我在黑暗里睁着我的两只眼睛——啊！我的眼睛只是睁在黑暗里。

一九三〇年十月十八日

一 对 石 球

　　朋友，你从远远的地方来到我这里，你去了，你遗下了一对你所爱的石球，那是你在昆明湖畔买的。我想给你寄去，你说就留它们放在这里。我希望你常想到石球，便也常常地记忆着我们。

　　记得你来的时候，你曾那样关怀地问：

　　"在这里，听说你同着你的妻。"

　　"是的，现在，我和她两个人。"

　　我诚实地回答你，可是我听了自己的答语却觉得有些奇异。从前，我是同你一个样的：跑东奔西，总是一个单身的汉子。现在，我说"我同她两个"——竟这样的自然而平易！

　　你来的那天白日，她便知道了她的寂寞的丈夫还有一个孤独的友人。直到夜晚，她才喘吁吁地携来了一床她新缝就的被子。

　　我不是为你们介绍说：

　　"这就是我的朋友；这就是你适才所提到的人。"

　　当时我应该说：

　　"这朋友便像当初的我，现在作了这女人的男人；这女人，无量数的女人中我爱的一个，作了我的妻。"

　　那夜，她临走的时候我低低地问：

　　"一张床，我和朋友应当怎样息呢？"

"让他在外边，你靠里。"

我问清了里外，我又问她方向：

"在一边还是分两头？"

她笑了笑，仿佛笑我的蠢笨：

"没听说过——有朋自远方来，抵足而眠啊。"

我也笑了，笑这些男人们里的单身汉子。

朋友，你在我这里宿了一夜，两夜，三夜……我不知道那是偶然，是命定，还是我们彼此的心灵的安排？

有一次你似乎把我从梦呓中唤醒，我觉出了我的两颊还是津湿。我几次问你晨安，你总是说好，可是夜间我明明听见了你在床上辗转。

我们有一次吃了酒回来，你默默地没有言语。你说要给你的朋友写信，我却看见你在原稿纸上写了一行"灵魂的哀号"的题目。

你说你无端地来，无端地去；你说你带走了一些东西，也许还留下一些东西，你又说过去的终于过去……

朋友，我们无端地相聚，又无端地别离了。我不知道你所带走的是一些什么，也不知道你所留下的是一些什么。我现在重复着你的话，过去的终于过去了。

朋友，记忆着你的石球吧。还是把所谓"一对者"的忘掉了好。

　　　　　　　　　　　　　　　　　　　　　　　——怀ＢＫ兄作

南 行 杂 记

一、雪

我出发后的第四天早晨，觉得船身就不像以前那样震荡了。船上的客人，也比寻常起得早了好些。我拭了拭眼睛，就起身盘坐在舱位上，推开那靠近自己的小圆窗子。啊，滔滔的黄水又呈在眼前了！过了半个钟头在那灰色和黄色相接的西边有许多建筑物和烟突发现了，这时全舱的人，都仿佛在九十九度热水里将要沸腾一样。

早饭的时刻，有很多人都说外边已经落雪。我就披了衣服走到甲板上去，果然是霏霏的雪正在落着，可是随落便随化了。我如同望痴了一样，不是望一望海，就是望一望天边，默默地伫立着，我也不知道经过多少时候。

"唉！别了，凄凉的雪都！别了，凄凉的雪都！……"我曾在京津道上念了上百的遍数，但今朝啊，黄浦江上也同样落的是雪花，而且这些和漠北一样的寒风，也是吹得我冷透了心骨。

上海我到了，初次我到了这繁华罪恶的上海。

我曾独自跑到街头去徜徉了几个钟头。在晚间，我也曾勇敢地到南京路去了一次。那儿不是同胞流血的地方吗？可是成千成万的灯火在辉煌着……

夜间，将近一两点钟了，耳里还模模糊糊听见隔壁留声机的唱声。大概是"阎瑞生托梦"那段，总是翻来覆去地唱。我看见了上海，此刻我仿佛又听见所谓上海了。

睁开眼睛的时刻，雪白的蚊帐静静地在四围垂着，从布纹里去看那颗电球，越发皎洁了！大概是夜更深了的缘故。

过了一刻，我什么都不晓得了，直到第二天茶房叫醒过了后。

二、沦落人

沪宁道上一点也不感觉寂寞，窗外尽是可爱的菜田，茅屋，井栏……我不再想那岛国的武藏野了。

苏州到了，苏州城外是一片累累的墓地。常州到了，常州城外是一片累累的墓地……也许苏州常州的城里是天堂。他们正为着他们的事业奔忙，他们正在赞美或歌咏他们的人生。但城外的墓地不再增长了吗？我只默默地冥想。

无锡大概也落过雪吧，那些向阴的还没有融化。

车子如箭般地向前驰着，有时候走近江边；有时候走在山下，过了尧化门不久，似带般的城墙便望见了。这时候太阳已经在西方的山后了。

下车后就匆匆跟着接客的走到旅馆。

虽然还在我旅行的中途，但我没有一点疲倦，给我扫兴的却是车站的脚夫和旅馆的茶房。

这里的电灯晦暗极了，怕还没有菜油灯那样亮。帐子是乌黑的，至少有八九个洞。

"开饭不？白饭三毛，菜另点。"

"迟一会儿，我想出去哩。"

那位茶房先生，大概没有如愿以偿地走了。后来我出去吃了晚饭，在街上走了很久，买着一本中国旅行指南和一札南京风景画片——就算我到了此地的纪念吧。

我的隔壁又来了两个玩把戏的北地的客人。又有两个南京口音的女人在殷勤地问长问短。

莫非"同是天涯沦落人，相逢何必曾相识"吗？

我将要睡的时刻，茶房先生又进来了。

"要开水不？"

"就睡了，不要。"

"喊个姑娘陪你，好不好？"他又客气又和蔼地问。

"什么？"

"喊个姑娘陪你睡觉……"

"什么！"

碰了钉子的他，赔着笑走了。

这样一来，我倒如同临阵似的谨慎起来了！锁好了房门，关紧了窗户，又把一盒火柴藏在枕头底下。院外和隔壁女人们的歌声笑声，使我感到极度的怕惧！此刻我虽然孤独，但我绝不稀罕什么。

同时我了解了，沦落人对沦落人的殷勤原是可怕的！

三、到了西伯利亚

第二天的黎明我就渡江到了浦口，天色和水色都很灰暗，这里的风景和建筑物也仿佛换了另一个世界，看看南岸，还安然睡在晨雾里。

　　在寒风里候车子，从早到晚足足有十个钟头。车来了，却是一列没有篷子的货车，四边也没有门，并且是漆黑的。

　　十点多钟车才开，但鹅毛般的雪花也紧紧从黑暗的空中飘下来了，旅心虽然如焚般地急灼，抵抗它吗？啊，和我作对的天！

　　黑黝黝的一长列车，在黑黝黝的郊野古隆古隆进行着。经过一站就停得很久很久。那些已经冻僵了的驿站，路灯，都仿佛同情于我的苦楚。车是向北，风是向南，而越吹越紧的雪花，却从四面飞击着我们。车上一点温气也没有了，只靠了我们自己三十六度的体温和严寒冰雪奋斗！

　　车过滁州，风雪比以前更紧了，客人们的头上身上和行李都尽了一层白色。

　　我不知我是昏睡过去还是冻死过去，迷迷糊糊过了两三小时。

　　啊，漠野的山岗，枯树，茅草房子……都稍稍有他们的轮廓了，但分不出是天明还是雪光。我定了一下神，我周身更觉得寒战起来，摸一摸身上的雪，上层是坚固地凝结着，里面却湿津津地在融化。

　　——啊！我到了西伯利亚！我是不是坐在流刑的车上啊！

　　我想哭，但不知怎么我又笑起来了，我笑自己，我更笑这一车的人们，为什么拿了金钱来换西北风，来聚了这么一个餐雪受罪的旅行大会！

　　——啊！可怜的中国人！

　　天大明了，看见成千成万的乌鸦，在荒凉的雪郊哀鸣着，他们是不是为饥？是不是为寒啊？

　　…………

　　挣扎挣扎，九死一生的挣扎，直到午间才到了我所要到的地方。但这个荒凉，寥落，像前世纪留下来的村庄，几乎连一只狗都没有。

唉，就是更荒凉更寥落的西伯利亚，还有一群一群的凶狼，还有一个水草所在的贝加尔湖哩！

四、旅馆的楼上

雪是依旧的下着，四围一点声音也没有，仿佛完全被雪征服了一样。檐头，门垛上，缸盖上，都厚厚地堆了一层雪。

第二天我们到蚌埠来了，三十里的路程用了四块钱的车资。不过路也是太难走了。一个人在前面拉，一个人在后面推。两三部车子在这一望无涯的雪海里，真使人感到说不出的阴郁寥落。

初次到蚌埠了，很侥幸——不，也许很不幸，初次我看见了所谓中国的官场。

二层楼的旅馆房里：一会儿张科长来了，一会儿王参谋到了，一会儿是李处长的电话，一会儿什么禁烟局长特税局长，煤油烟卷长……数不清的人物都翩翩来了。——光光的头，光光的两颊，光光的古铜色公司缎皮袍，光光公司缎的团花黑马褂……

不久，帐子里吞云吐雾了，全室都充满了麻醉性的鸦片气氛。酒肉，菜汤，三炮台的烟筒，牙签盒子……狼藉得一大桌子。另外一张桌上，却很干净，一副骨质很厚的麻将牌，四面堆得齐齐的。

"茶房，茶房拿局票来！"

这个也写，那个也写，一刻的工夫，一打粉红的局票都写光了。

一会儿银弟来了，一会儿菊芬来了，一会儿月楼香弟……都来了，我暗暗地数着，但走来走去的，我竟没有得着答数，反正那一打粉红局票，是可以看一阵的，我想。

答数虽然没有得出来，但我归纳出几条特征，她们口里都是亮闪闪的金牙镶着，这是一。她们都是说的扬州话，这是二。她们的衣服都是最华丽最耀目的，这是三……还有还有……我也说不出来了，她们的眼，大概都是妖媚的，她们的肉体都是……

这时屋里真是济济一堂，沙发上，椅子上，床上，还有人们的大腿上都坐了人！

"你打就打吧，可不许用劲。"那边一位官儿乞怜般地说。

"什么？你还怕用劲？你快说，你再用一点劲！"

"好！饶了我吧，就是打死了我，我也不能说这样丢脸的话。"

"那么我打了，你不许动，一！二！三……"一个穿旗袍剪了发的妓女，打着那个曾出过告示，"尔等一体凛遵，勿违，切切此令"的官儿的嘴巴。

"七！八！九！"停了一下。

"十！"啪的一下好似一声惊堂木惊动了全室的人们。

"啊！好疼好疼，我非捏你一把不可！"

"疼吗？哟……哈哈哈……"她笑了，但很不自然。

那位官儿报复的时刻，在她俯仰难耐的当儿，可以看见她膝盖以上的一部分白肉……

我仿佛在荒谬的梦境里，我的眼睛都迷离了！我猛力推开靠着自己的楼窗，看见马路上的夜色，看见乞儿们抱着火盆跑着，看见灯光底下的雪色，是越发的惨白。夜气吹醒了我又恢复了自己的所有了。我也拿起一根纸烟放在口上燃着，吐着轻飘飘的烟丝，我随看了烟丝冥想。

五、赭山

第二次经过金陵——我们的新都的时候，曾费了两天，走马看花地到各处名胜去玩了一次。到现在我还能记得那个雨花台卖石子的小姑娘，她尽追着我们，一壁气喘喘地倒她碗里和筐里的石子，一壁赔着笑张着小嘴说着：

"再要一点吧，还有美丽的呢。"

"慢慢地走，我带你们去看古迹。"

我为她——那个活泼伶俐可爱的小姑娘，曾买了许多石子，我们交易最热闹的地方，就在方孝孺先生的墓前石凳上面。

此外，秦淮河，是那样一渠污水，莫愁湖上的烈士墓是那样的荒废而凄凉……我到现在也没有忘记。

是三月三日的早晨，我又坐着上水的轮船到了W市——这里有我一个年老的姨母，这里还有一个我怀想了多年的孤女——虽然都还健在，但不是从前的她们了！老的更老了；年轻的她，被长年孤独与劳苦的挨磨，已经黄萎得不成样子。啊，她的青春，才是一个无花的青春！

大约吧，也许是真的，她的眸子，在我眼睛里永远是生动的，在她眼里汪汪的泪水，别来倒没有枯竭。

窗外落着初春的寒雨，心情也越发被他低压下去了。雨声是听惯了的，倒不觉得什么，只有天窗上的雨水，潺潺地隔着玻璃流着，看着好像是一个阴泣的面庞，把人也带得烦恼了。有时睡下不久，又被街上的卖汤团的铃儿摇醒，四围都是鼾声，没有一点动静。楼下的她，也已经熟睡了吗？

雨过了，蔚蓝静穆带着慈祥的天空，又悬在头顶了，然而我的心，却依旧的阴霾，他像没有消尽的朝雾，又好像黄昏时候渐深的霭色。

"等地干了我们一同上赭山采荠菜去。"姨母说。

"……"她无言地望着我，她的眼中好像说，"我也要去。"

"她知道荠菜的地方，她一去就采回一大筐来。"

"……"她还是没有话说，听着姨母夸她，她微微地笑了。

我想借着机会同她一道到赭山采荠菜去，在空旷无人的地方我们手挽着手儿，肩靠肩地谈心。我为她理那被风吹乱了的鬓发，她替我挟着走热了时候脱下来的外衣。

我想我们不一定要采着满筐的荠菜回去，我们只要向前走，走上赭山，走到山顶，我们坐在山顶的那些岩石上，默默地，轻喘着，也不说一句话。我们尽看山下那条如带的长江，远处画般的山影、烟和树木……

但不作兴的春雨，又连绵地下起来了，荠菜终于没有采成，虽然赭山就在屋后不远的地方。

人生渴想的美梦，实现吧，那是增加了追忆时的惆怅；不实现吧，在心上又多了一条创痕。

我们毕竟是无言地又相别了，荠菜没有采，赭山也没有去。

临别那天的黎明，隔了夜的油灯还没有吹灭。我走下楼的时候，姨母已经哭出声来了，走到后门外的一条小巷口，才看见她一个人眼睛通红的伫立在那里，在这种难别难遇的时候，我竟对她说不出一句话来。我走过小桥，还望见她立在原来的地方，我向她远远地招了招手，转过茅屋，便不能再见了。

郊外完全蒙在晨雾里边，河塘，草房，阡陌，一切的树木都不能辨识了，就是那一片赭山，也遮得迷迷糊糊的。

行李车子在前边默默地拉着，我也是默默地跟在后边，因为雾色太浓了，行李车子在二三十步前就不能看见。到了江边，才知道船被雾迟误了，要等到午后一点。

我在一家小茶馆里消遣着。对面就是滚滚的长江，帆船在江面上慢慢移动，有的向东，有的向西。

假如不是有雾，大约此刻已经过了采石矶了。

其实，我现在还在 W 市呢，我想到姨母和她，她们的眼泪不知什么时候才干……

她们留我住到清明，说清明到赭山踏青去，但我竟没有答应她们。

赭山虽永远在那里，但什么时候才能去踏青或采荠菜呢？——并且伴着她们！

六、两株石榴

从丹徒坐小火轮到江北的仙女庙，已经是午后两点钟了。天上拥着灰重重的云，地上开遍了黄的菜花。从田径里经过的时候，闻着一种清的香气，天虽则阴着，但暖风中混着菜花的香气，使人感到春是烂熟了。

换了一个码头，船也换得更小了。舱里有十几个搭客，他们都是说的乡音，但并不给我什么愉快。

十五年未曾回过的故乡，时时在我梦里映现，在我脑幕上留着它的轮廓。可惜我十五年未曾见过的故乡，偏偏我遇见它又在晚间。河沿上是荧荧的灯火，河面上有许多金龙似的灯影浮动。街巷点点的灯火，把老朽了的建筑物照得黑一块白一块的。

下船之后，我便用着全力去追忆那些留在脑幕上的故乡的轮廓和印象。我好像记得：从码头出来，穿过一条小巷，向南走尽一条短街，再转一个弯子便到我们的旧店了。果然是的，我仿佛在梦中旅行着，我真的自己找着了别过十五年的旧店了！我们的旧店，在我眼前更旧了。窗户，门槛，石阶，梁和柱……一切都是土褐的颜色。它们和人一样，禁不住风霜和雨露的摧残，尽完全褪了它们少壮时候的精彩了。

我们的店，幸亏是被姑母家占去了，否则，经了十五年不曾回来的我，谁还认识我是这里的当初的一个幼年主人啊！十五年了，像一瞬似的；又好像隔了一个世纪。

我睡在店后的一间小房里——是当初母亲做饭的厨房改的。我临睡了，我轻轻喊着我的母亲："今夜还不入梦吗？你的孩儿已经一个人找着他的故乡了，并且是你当初辛劳的地方……"

第二天醒后，我望见四壁泥土都已经剥落了，自己好像睡在一个土窖里。我起身了，仔细地寻索我梦中和童年时代的那些伤逝。也许我醒得太早的缘故，四围非常静寂，好像自己在一圈荒冢的当中，前后左右都环绕着无数的幽灵……

院里铺的砖地，已经被踏得龟裂而且破碎了，西邻的墙脊，向这边深深地倾斜，好像再经一次暴雨就要塌倒了，南墙荫的花台，倒还有满台的泥土……那个水缸，已经破裂了的水缸，也好像在露天底下二三十年了！记得我童年时候，它早已在那个原处放了不知多少日子了。

花台旁边有两株石榴，它的根，已经穿过了花台，穿到邻人的院里。树干向北倾斜着，它的枝和叶，高过了我们的屋脊，疏疏的影子遮着半个天井。

姑母说，这两株石榴已经有了年纪，还是她幼年和我父亲同种的。那时还是好玩的孩子，吃过石榴，他埋在地里一个种子，她也学她哥哥埋了一个……

岁月过得多么怕人啊，婚的婚了，嫁的嫁了，两株石榴都长过了屋脊。

岁月过得多么怕人啊，父亲生了我们许多兄弟；姑母也有了许多儿女……现在这石榴树，也都渐渐枯老了！有一株已经垂死。

姑母说，当初这两株树，曾结过成担成担的石榴，不但自己家里吃不尽，就是邻居，亲戚也都腻了。

——现在呢？我问。

——盛旺了一时，早已不结实了，你看，那一株已经枯了一半，那一株也没有什么叶子。我呆呆地望着两株石榴，它好像是两个黑的幽灵塔了，我有点害怕。

——姑母，哪一株是你种的啊？

……姑母也呆望起这两株石榴了，她好像用力地在想，在回忆，在回忆起她五十多年前童年的当时！

唉，我不该问，我后悔了！虽然她没有回答，但我把她引到一个悠长的沉默的回忆里去了！

十五年末归的故乡，在我心里如同隔了一个世纪，又仿佛只有一瞬；姑母，她已经住在这里五十多年了，在她心里，是觉得悠长？还是觉得短促？假使没有我的追问，不会引她回忆，不会引她感到人生也是这样随草木同枯。

我一个人去访我们的旧居——我的生地，但那里已经改建过一次了。

我竟走过了那里还不知道。旧居旁边的石桥还在；隔壁豆腐店也还开着，我痴立在桥头，我徘徊在豆腐店的门前：无言地凭吊着我们的旧居——我的生地。

夫子庙前的河水，依然是那样的洁如明镜，河畔依然有许多女人在那里捣衣，洗菜，淘米。但是那些静静的垂杨，好像已经不如我童年时候的依依飘摇了，他们都在隔岸默默无语。

我走到外婆婆家去，那里漆黑的两扇木门也是紧闭着，我还想去看看那里的竹林，姨娘的卧室……但房子早已换了主人。我用力从门隙处窥望，什么也不能映进眼帘了。

高桥，南山寺，城隍庙，松林庵……我又去重访了，还有，在我记忆中留着恐怖的那口大钟，我也再去看了一次。现在我不怕了，我知道它不是飞来的，我相信它也不会再飞走了。传说过飞来时曾随着仙女，飞走后城市就要变成泽国……

有时坐在店堂的长凳上，吸一两根"红锡包"，看看隔了两天的"申报"。街上走来走去的行人，男的还是带着鼻钩，耳环和项圈；女的还小小的脚，安然地坐在独轮小车上被人推着走。

有时，一个人跑上城头，望着嘈杂的街市，望着静静的河水，默默的垂柳……又望见了许多屋顶中有我们的店里的老屋，还望见那两株高过屋顶的石榴……

梦中也曾垂过口涎的家乡烧饼，并没有吃够，更可惜我离乡的时候，龙头芋和菱角米都还没有上市。

我到广州，倒巧遇了正是荔枝新熟的时节。

七、珠江之畔

广州市泰安栈的客人名簿里，大约还留着我的姓名籍贯和年龄那么一条记录。在第九十七号房里，我整整住了四十二天。这四十二天里，不但生活的苦痛把我伤毁，就是和蚊虫的作战我也败北了！

一天之内，时常有多少次的暴雨，暴雨过后，毒烈的太阳又仍旧出来了。的确，异地人到了这里，时时都会感觉他在蒸笼里。蚊子，他不问白天与晚间，仅在屋里嗡嗡地唱着，他也不问这屋里的住客是一个贫血而且没有养分的穷鬼。

人穷了也是常事，但我发觉自己的食量却和穷的程度俱增了。在所谓富贵的人们说，这自然是一种福气；在穷人却是最大的一种不幸！吃了午饭忧虑晚饭，忧虑罢，不久肚子又空了。

侥幸我还能够自己支配自己，午饭两片面包；晚饭是隔壁卖的一碗饺面。因为饺面店去熟了不好意思，所以也时常在栈里叫一个客饭吃。伙计收拾走的，永远是干净的碗，碟与饭桶——它们都是空洞没有一点余剩了。

贫与病，孤独与悲哀，都能给人们不少的启示。有了它，你可以知道人生的表与里；有了它，你可以知道更多一点的生之意义与神秘。

立在九龙碑下，我知道他为什么那样庄煌美丽，立在押店柜台前面，我也知道他为什么是那样漆黑，高大了。

坐在汽车里的绅士与淑女，他们只知道路人愈少，车的速率愈增的原理，至于车后的尘土与臭气，他们无须乎有这种经验，也无须乎问的。

客栈前面的海珠公园，倒是留了不少的足迹，那里可以听见铜壶滴漏，那里也可以看着江水的奔腾。聪明的古人和无情江水同逝了，沙基的血迹也早被毒阳曝干。有酒的人们还是在堤上的酒楼饱醉，取乐的人们还是在江心的画舫里欢笑。

汽车上围满了挂盒子炮的卫兵，早已司空见惯，至于那海军俱乐部的一尊铜炮！就放在堂屋里——是纪念？是壮门面？是助威风？是到必要的时候，就从屋里发炮呢？我真是有点莫名其妙了。

临走的前日，G君曾来找过我一次。

"这次你来，一点也没有招待你，唉，机会又是这么坏！"他似乎感伤般地说，言外又替我惋惜。

"不，我这次并没有抱着什么目的。"

虽然这般说——他似乎更不过意了。"就是许多名胜地方没有同你去。还有，北门里的烧乳猪，长堤的饺面，大概你也没有吃过。"

"我只想去看一看黄花岗，可惜已经没有机会了。"

"是呢。"他并没有引我去的意思。

烧乳猪，我不想吃，我也不配吃。他所说的长堤饺面，其实我早已吃过了，并且吃厌了。

八、归途

还记得一个人默默地离开了那凄凉的雪的旧都；还记得一个人默默地离开了W市和故乡和许多许多我只住了三两天的地方……随着我的，永远是一个柳条箱和一件行李。这箱子里装着的春夏和秋冬，它是我全部的财产。

想起我每逢到了一个地方，我就禁不住的失望；想起我每逢离开一个地方，我心里又充满凄惶。当我每次起程的时候，我就暗自对着我的行装说：

"再随我走一趟吧，不久就得着永远的安息。"

同样的，我又默默地离开广州了。珠江堤上的旅馆，酒楼，先施公司的天台……就渐渐去远了。那正是我生日的前日。

夜分的时刻，船到了香港。半山的灯火，还像星般地闪烁着，远远望见靠近码头的沥青路上，还有一辆两辆的摩托飞驶着。汽笛虽则很嘹亮地鸣着，我想那司机的一定已是睡眼的了。

海水是深黑了，像一个墨池，黑得可怕。

睡在统舱的我，前后左右都是堆着醒醒的货包，只有身底下一块不满四尺长的钢板，它容着我这个微小不值一个铜钱的生命，海水打着船板，好像有意做出声音来给我听：

"孤独……孤独……孤独……"

他响了一夜，我一夜也不曾闭眼。

第二天，替外国人验税的中国同胞，蜂拥地来了。他们把我带的东西，都翻得乱七八糟，最后他拿电筒把我的面庞仔细端详了一番，才抓了一把陈皮梅，扬长而去。

船开之后，我想起，有人说过这些行路难的话，我才觉得可怕起来。可是，总算过去了，也真侥幸！

统舱里真是受罪，坐过统舱的人们，恐怕再坐地狱也不怕了。那些茶房先生，的确比学校里的舍监，衙门里的老爷，阴司里的小鬼还厉害。

船上有一位没有买票的搭客，查票的时候，他拿出一套水手衣服说："我是在 ×× 军舰上做事。"

过了汕头，船稍稍有些摇荡了，但我并不觉得怎样；在"军舰"上做事多年的那位，却禁不住呕吐了，他并不觉得自己难为情，我实在要替他脸红了！中国的海军人才不知有多少，像那一位，我可以大胆地自荐我能替代他！

下午船驶进黄浦江到了上海。第二天的清晨，我又被通州轮载出黄浦江，离开上海了。

别了半年的北京。我又重见了。新华门前的石阶缝隙生了无数的青草。红围墙上贴了无数的标语。

我到停放着母亲灵柩的庙里去，灵室里是不堪的凄凉与冷寂，门上爬着一条一条肥满的蜥蜴，壁间结着如麻的蛛网，窗槛上的白纸，早被雨水打黄了，马蜂又嗑了无数的洞眼。我抚着她长眠的漆棺，漆棺也是冷冰冰的。

——妈妈，你知道你长途归来的孩子吗？他就立在你的面前，他想告诉你无数无数的事情呢……

灵房背后的一株榆树，四季总是萧萧地响着。

凤子进城

才是黄昏的时刻，因为房子深邃，已经显得非常黑暗了。对面立着一个小女孩子，看不清她的相貌，只觉得她的身材比八仙桌子高不了许多。

嫌房子黑，也想看一看这个小人。

"会擦洋灯罩子吗？"我指了一指那盏放在桌子当中的美孚行的红洋油灯。

迟疑，没有回答。

连自己想着也怕麻烦，便划了一根火柴把它点着了。

骤然的光亮，使她的眼睛感着一种苦涩的刺激似的。

"我们乡里下不点灯，天黑了就上床睡觉了。"边说着边不停地眨着眼。话的声调很清楚，样子是伶俐的。

看见她有一张薄薄的嘴，扁扁的鼻子，细小的眼睛，一根黄黄的短辫子，拖着的是一副灰白的脸。

想到刚才介绍人说的她的年龄，不大相信起来了。

"看你只有十一二岁，别瞒人。"

"十六，真的是十六，我属羊子的。"

"属羊子的十六——"

她急忙点着头，自己接连着说：

"我大姐二十四，我二哥十九，我小哥十八，我，我十六，小毛子十四，小丫头十一，春子——春子九岁……"

　　知道她也许真的是十六岁了，想——乡村里的孩子是这样的长大不起来啊！一群一群没有营养的小孩子的面庞，无数只瘦小的手，像是在眼前陈列了起来，伸举起来了。

　　"春子是顶小的了。"想止住了她的话，免得她再计算再背。

　　她摇了一摇头，随着搬起左手的小指和无名指说：

　　"还有两个，一个吃着奶，一个才会走。"

　　"你们家里的人可真不少了。"

　　"还送掉两个给人哩。小毛子给人家做养媳，他们家里穷，也在家里。"

　　"对了，还没有问你叫什么名字哩。"

　　"我叫凤子。"

　　听到这个好名字，却想到了许多不幸的小孩子们的名字了。她们叫金宝，她们叫银子，她们叫小喜子，叫小红儿……可是她们是贫贱的，褴褛的，饥饿的，她们毫无生气地在茅草棚里，在土坏洞里活着，像没有在地上映过一个影子似的那么寂寞，那么短促地又离散了又死亡了。不知怎么，这个初进城的凤子，带来了一种时代的忧郁的气氛，仿佛把这一间房子罩得更阴沉了一些似的了。

　　晚饭的时候，让凤子也坐在一旁吃。拨了一碟腌菜，和空了一半的咸蛋。她吃得不住口，说也不住口：

　　"我们乡里下的菜可没有这多油，一酒杯要炒一大锅，蛋是谁也舍不得吃，两个半铜板一个，拿去换盐换米，他们一贩到城里就卖六七个铜板了。我们有七只鸭，天天放到河里，有了歹人，偷一只，偷一只，偷一只，后来都偷光了。"放下了碗筷，拿手比着势子，说挺肥挺大的。她爹也想出来了，乡下的日子过不了。

问她爹会做什么，风子说顶有力气，会烧大锅的饭……

"我进城来爹爹送了我很远很远，他说他长了这么大还没有进过城，倒是我能来了。他又回去了……真的，他顶有力气，他会烧大锅的饭。"

她停顿着，像在探试着她的推荐有没有效果似的。

谁能告诉她的爹的力气有什么用处呢？城里头就是有千万个烧大锅饭人的地方，饥饿的乡里人怕也只是徒然望着他家里的那个张着大嘴的空大锅叹息吧？

吃罢饭，风子到老虎灶冲水去了，去了很久，她的介绍人又来了。笑着，是一个狡猾的有油的家伙。他把风子带走了。

后院的陈妈说刚才老虎灶上有人拖风子的辫子，摸她的脸。

"外边尽是歹人！"是她的结语。

风子进城了，怕又到了城的另一隅了。城像一个张着口的大锅，恐怕不用油，也能炒熟了许多许多东西的吧。

梦 呓

夜静的时候，我反常常地不能睡眠。枯涩的眼睛，睁着疼，闭着也疼，横竖睁着闭着都是一样在黑暗里。我不要看见什么了，光明曾经伤害了我的眼睛，并且暴露了我一切恶劣的行迹。

白昼，我的心情烦躁，比谁都不能安宁，为了一点小小事故，我詈骂，我咆哮，有时甚或摔过一个茶杯，接着又去掼碎两只玻璃杯子。我涨红了脸，喘着气。我不管邻人是否在隔壁讪笑，直等发作完了，心里才稍稍觉得有点平息。

说不出什么是对象，一无长物的我，只伴着一个和我患着同样痼疾的妻：她也是没有一点比我更幸福的运命：操劳着，受难着，用着残余的气力去挣扎；虽然早晨吃粥晚上吃粥，但难于得来的还就是作粥所需要的米。我咆哮的时候是没有理由，然而妻在一边阴自啜泣，不知怎么又引起了我暴虐的诅咒。

追求光明的人，才原是没有光明的人。

现在，黑夜到来了，邻人的鼾声，像牛吼一般的从隔壁传来，它示着威，使我从心底发着火一般的妒忌，可是无可奈何地只有自己在床上辗转，轻轻地，又唯恐扰醒了身旁的妻。

——一个可怜的女人！我仿佛在心里暗暗念着她的名字，安息的时候你是安息了。忘掉了白昼的事吧，生活在黑暗里的人们也就不知道什么叫黑暗了。

　　不时地，妻忽然梦呓了，模模糊糊地说着断续的句子，带着她苦心的自白和伤怨的调子，每一个字音，像都是对我有一种绝大的刺戟。

　　我凝神地倾着耳，我一个字也不能辨地自己忏悔了，虔诚地忏悔了。

　　梦呓是她的心灵的话语，她不知道的她的长期沉郁着的心灵是在黑暗中和我对话了。

　　"醒醒！醒醒！"被妻唤醒过来，我还听见自己哭泣的余音。我摸一摸潮湿了的脸，我没有说什么。

　　因为妻也没有问什么，倒使我非常难堪了。她不知道她的梦呓会使我的心灵忏悔，但她也不知道白昼以丑角的身份出现于人间舞台而黑夜作妇人的啜泣的人又是怎么一回事的。

婴

　　婴儿的哭声，妇人的哭声，谛听着风声里还夹着急切的雨点击打着枯叶的音响。

　　窗外漆暗，夜才是一个开始，四周异常冷落，季候也才是冬天的一个开始。

　　婴儿哭了一刻便停止了，风声和雨声也似乎在间歇着，唯有妇人的哭声不曾住。

　　此刻，渗穿着一切的是这个妇人的哭声。夜，淹没不了什么，这绵绵的音波，却搅和着使夜的颜色更加浓厚了。冷落的四周，仿佛溢进了一圈一圈凛肃的气氛。

　　不知怎么我握紧了拳头，想一下捣破了这个夜！

　　明天，我问着邻人：

　　——一个婴儿的死亡吗？——

　　——不。婴儿是 × 机空袭那天，在大轰炸的时候出生的。就在那巷口的露天底下，大人惊骇不知所以地生了这个孩子。

　　——哭的？……

　　——伤痛了大人的心。

　　夜晚，这个不幸的妇人的哭声又传过来了。

　　我不知道有多少个母亲以她的哭声给孩子们当作儿歌了；我不知道有

多少个母亲以她的眼泪洗着她自己的伤痕，并且浸湿了孩子们身上的襁褓，像清露似的润泽着嫩草的根。

愿望着一个一个的黑夜过去，一个一个的隆冬过去，孩子们离开了襁褓，离开了摇床，站立起来：

母亲！儿子是同 × 人的爆弹一起落生，儿子是在父亲的血泊里长成。即使大地上埋满了我们战死的兄弟，从白骨中还会生出一个复仇人！

从 旅 到 旅

倘使说人生好像也有一条过程似的：坠地呱呱的哭声作为一个初的起点，弥留的哀绝的呻吟是最终的止境，那么这中间——从生到死，不管它是一截或是一段，接踵着，赓连着，也仿佛是一条铁链，圈套着圈，圈套着圈……不以尺度来量计，或不是尺度能够量计的时候，是不是说链子长的圈多，短的链子圈少呢？

动，静，动，静……连成了一条人生的过程，多多少少次的动和静，讴歌人生灿烂的有了，诅咒人生重荷的也有了。在这条过程上，于是过着哭的，笑的，和哭笑不得的。然而在所谓过程里：过即是在动，静也是在过，一段一截地接踵着，赓连着，分不清动静的界限，人生了，人死了，无数无量数的……

从生到死，不正可以说是从旅到旅吗？

铁一般的重量，负在旅人的肩上；铁一般的寒气，沁着旅人的心，铁的镣铐锁住了旅人的手和足，听到了那钉铛的铁之音，怕旅人的灵魂也会激烈地被震撼了吧？

想到了为旅人的人和我，禁不住地常常前瞻后顾了，可是这条路上布满了风沙和烟尘，暗淡，往往伤害了自己的眼睛。我知道瞻顾都是徒然的，我不再踌躇，不再迷惘了；低着头，我将如瓦尔加河上的船夫们，以那种沉着有力的唷喝的声调，来谱唱我从旅到旅的曲子。

废 墟 上

不久以前敌人飞来过，不久以后又飞去了。在短短的时刻之间，凭空给这个不大的城市里留下了一大片颇为广阔的灾区。

几面粉白的残壁，近的远的，像低沉的云朵遮住眼界。焦黑的椽柱，槎交错着，折毁的电杆，还把它带着瓷瓶的肩背倾垂着，兀自孤立的危墙，仿佛是这片灾区里的唯一的表率者。

看不出一点巷里的痕迹，也想不出有多少家屋曾比栉为邻地占着这块广阔的地方。

踏着瓦砾，我知道在踏着比这瓦砾更多的更破碎的人们的心。

一条狗，默然地伏在瓦砾上，从瓦砾的缝隙，依稀露着被烧毁了的门槛的木块。

狗伏着，他的鼻端紧靠着地。他嗅着它，或是嗅着他所熟嗅的气息，或是嗅着还有一种别的什么东西。

在人类求生存的意念以上，我想还有一种什么素质存在着，这素质并没有它的形骸，而仅只是一种脉脉的气息，它使有血有肉的东西温暖起来，它使每一个生物对另一个生物一呼一吸地相关系着；如同一道温温的交流，如同春夕里从到处吹拂来的阵阵的微风。

有血肉的生物，哪怕是一只兽……都是在这种气息里受着熏陶的。

我相信，这条狗便在嗅着它，嗅着这求生存意念之上的一种气息。

心灵被蹂躏了的，被凌辱了的，家产被摧毁了的，被烧残了的邻人们，回返到这废墟上来，废墟为我们保藏着一种更浓的更可珍爱的气息。

去亲每一片瓦砾，去吻这一条狗！

让"皇军"继续来"征服"，来"歼灭"吧，徒然的，这种气息是永远不会丧亡！

尽先地，我将向着这些心灵接近的邻人们，和这一匹狗，俯着首，把膝盖屈了下去。

春天的消逝

一

襁褓，摇篮，床，"席梦思"的床……人长着，物换着。

哭着，笑着，唱着，跳着，钻营着，驰骋着……宝贝——公子——伟人——伟人常常寿终正寝在他"席梦思"的床上。

二

人长着，物换着，今天耕田，拿起锄头；明天做工，拿起斧头……

青青的土地，滴滴的汗粒。漆黑的工厂，油般的血，血量的油，推动了，生产了，消耗着劳动者的力。

米谷并不值钱，地皮却越括越光了。血汗也没有用处，兜揽着，拍卖着，牺牲着……有数不清的人们是落荒地完全找不着他们的下场。

三

一年四季都是春天，春天的名字将从此消逝了。三百六十天的炎夏或隆冬，没有春天啊，春天的名字将从此消逝了。

整个的世纪是不景气的，消逝了的是整个世纪里的春天吧？

四

睡在"席梦思"床上想着金钱，女人，荣誉的伟人，惆怅着，春天的消逝啊！

躺在草上望着空空的天，漠漠的地，从娘胎里春天的消逝什么也没有带了来，现在还是什么也没有的徒着手。

手上有的是胼胝，可是充不了肚里的饥饿。

开着花却没有果！

春天消逝了吧！时代需要着风狂和雨暴！

五

昨天我看见两个骑着战马在大街上奔驰的丘八，不带鞭，不挂枪，胁间挟满了盛开的桃花。今天出门，迎面便逢着一个玩弄着柳枝的妇人。

丘八的花，不知赠与何人；妇人的柳枝，想必有所系而折也。

真的春天是这样的消逝了吧？

六

Calendar 我常是几天一撕的，今年的 Easter 不经意地又已经到字纸篓子里去了。耶稣，基督在春天里受难，在春天里复活。

春天是与"上帝"同在吗？阿门。

"春天的消逝"，怕又是一个无神论者了。

北 南 西 东

车 上 散 记

去年春末我从北地到南方来，今年秋初又从上江到下江去。时序总是春夏秋冬地轮转着，生活却永远不改地作着四方行乞的勾当。

憧憬着一切的未来都是一个梦，是美丽的也是渺茫的；追忆着一切的过往的那是一座坟墓，是寂灭了的却还埋藏着一堆骸骨。

我并不迷恋于骸骨，然而生活到了行乞不得的时候，我向往着每一个在我记忆里坟起的地方，发掘它，黯然地做了一个盗墓者。

正 阳 门 站

生在南方，我不能把北平叫作我的故乡；如果叫她是第二故乡吧，但从来又不曾有过一个地方再像北平那样给我回忆，给我默念，给我思想的了。

年轻的哥哥和妹妹死在那里，惨淡经营了二十多年，直到如今还没有一块葬身之地的我的父亲和母亲，留着一对棺枢，也还浮厝在那里的一个荒凉的寺院里。

我的心和身的家都在那里，虽然渐渐地渐渐地寂灭了，可是它们的骨骸也终于埋葬在那里。

当初无论到什么地方去，或从什么地方归来，一度一度尝着珍重道别时的苦趣，但还可以换得了一度一度的重逢问安时的笑脸。记得同是门外的一条胡同，归来时候怨它太长，临去时又恨它过短了。同是一个正阳门车站，诅咒它耸在眼前的是我，欣喜着踏近它的跟边的也是我……心情的矛盾真是无可奈何的，虽然明明知道正阳门车站仍然是正阳门车站：它是来者的一个止境，去者的一个起点。

去年离开那里的时候，默默地坐在车厢里，呆呆地望着那个站楼上的大钟。等着吗？不是的；宕着吗？也不是的。开车的铃声毕竟响了这一次，可真如同一个长期的渺茫的流配的宣告一样，心里凄惶的想：做过了我无数次希望的止境的站驿，如今又从这里首途了。一个人，满身的疾苦；一座城，到处的伤痍，恐怕真的是别易见难了。

我曾叫送行的弟弟给我买一瓶子酒来，他买了酒，又给我带了一包长春堂的避瘟散。我笑领了，说：

"这里只剩了你一个人了，珍重啊，要再造起我们的新的家来，等着重新欢聚吧！"

同时又暗自地想：

季候又近炎夏了，去的虽不是瘴厉之地，但也没有一处不是坎坷或隐埋着陷阱的所在。人间世上，不能脱出的，又还有什么方剂可以避免了唯其是在人间世上才有的那种"瘟"气呢？

车，缓缓地从车站里开出了，渐渐地渐渐地看见了荒地，看见了土屋，看见了天坛……看见正阳门的城楼已经远了；正阳门的城楼还在那两根高高的无线电台边慢慢地移转着。

转着，直到现在好像还在我的脑中转着，可是我的弟弟呢，生活的与精神的堕落，竟使他的音讯也像一块石头堕落在极深极深的大海里去了！

哪里是故乡？什么时候再得欢聚呢？到小店里去，买一两烧酒，三个铜板花生米，一包"大前门"香烟来吧。

凄凉夜

大好的河山被敌人的铁蹄践踏着，被炮火轰击着；有的已经改变了颜色，有的正用同胞们的尸骨去填垒沟壕，用血肉去涂沙场，去染红流水……

所谓近代式的立体的战争，于是连我们的任何一块天空也成了灾祸飞来的处所了。

就在这个风声鹤唳的时候，一列车的"三等"生灵，虽然并不晓得向何处去才能安顿自己，但也算侥幸地拾着一个逃亡的机会了。

辘辘的轮声，当作了那些为国难而牺牲的烈士们呜咽吧！这呜咽的声音，使我们这些醉生梦死的人们醒觉了。那为悲愤而流的泪，曾漪溢在我的眼眶里，那为惭怍而流的汗，也津津的把我的衬衣湿透了。

车向前进着，天渐渐黑暗起来了。偶然望到空间，已经全被乌云盖满了，整个的天，仿佛就要沉落了下来，列车也好像要走进一条深深的隧道里去。

是黑的一片！连天和地也分不出它们的限界了。

是黑的一团！似乎把这一列火车都胶着得不易动弹了。

不久，一道一道的闪光，像代表着一种最可怖的符号在远远的黑暗处发现了，极迅速的，只有一瞬的。这时我的什么意识也没有了，有一个意识，那便是天在迸裂着吧！

接着听见轰轰的声响，是车轮轧着轨道吧？是雷鸣吧？是大地怒吼了吧？

如一条倦怠了巨龙似的，列车终于在天津总站停住了。这时才听见了窗外是一片沙沙的雨声。

因为正在戒严的期间，没有什么上来的客人，也没有什么下去的客人。只有一排一排荷枪的兵士，从站台这边踱到那边，又从那边踱到这边。枪上的刺刀，在车窗上来来往往的闪着一道一道白色的光芒。

整个车站是寂静的，沙沙的雨声，仿佛把一切都已经征服了似的。车厢里的每个人，也都像惊骇了过后，抽噎了过后，有的渐渐打着瞌睡了。

车尽死沉沉地停着不动，雨已经小了。差不多是夜分的时候，连汽笛也没有响一下，车开了。

隔了很久很久，车上才有一两个人低低说话了，听不清楚说的什么。现在究竟什么时候，到了什么地方，也没有谁去提起。

自己也好像睡了，不知怎么听见谁说：

"到了杨柳青了。"

我猛醒，我知道我已经离开我的乡土更远了。

这么一个动听的地名，不一会儿也就丢在背后去了。探首窗外，余零的雨星，打着我的热灼灼的脸，望着天，望着地，都是黑茫茫的。

夜是怎么这样的凄凉啊！想到走过去的那些路程，那里的夜，恐怕还更凄凉一些吧？

关上车窗，让杨柳青留在雨星子里去了。

旅　伴

一个苦力泡了一壶茶，让前让后，让左让右，笑眯眯的，最后才端起杯子来自己喝一口。再喝的时候，仍然是这样的谦让一回。

我不想喝他的茶，我看见他的神色，像已经得到一种慰藉似的了。

一个绅士，一个学生，乃至一个衣服穿得稍稍整齐的人吧，他泡一壶茶，他不让旁人喝，自己也不像要喝的样子，端坐着，表示着他与人无关。那壶茶，恐怕正是他给予车役的一种恩惠吧。

其实谁也不会去讨他的茶喝，看见了他的神色，仿佛知道了人和人之间还有一条深深的沟渠隔着呢。

一个衣服褴褛的乡村女人，敞着怀喂小孩子奶吃。奶是那样的瘦瘦，身体恐怕没有一点点营养；我想那个孩子吸着的一定是他母亲的一点残余的血液，血液也是非常稀薄了的。

女人的头抬起来了，我看见了她的一副苍黄的脸，眼睛是枯涩的，呆呆地望着从窗外飞过去的土丘和莽原……

汽笛响了，孩子从睡中醒了；同时这个做母亲的也好像从什么梦境里醒觉了。把孩子抱了起来，让他立在她的膝盖上。

孩子的眼睛望着我，我的眼睛也望着孩子的。

"喂！叫大叔啊！"女人的眼睛也望了我和孩子。

孩子的脸，反转过去望他的母亲了。

"叫你叫大叔哩。"母亲的脸，被笑扯动了。

孩子的腿，在他母亲的膝盖上不住欢跃着，神秘地看了我一眼，又把脸转过去了。

"认生吧？"

"不；大叔跟你说话哩。"

笑着，一个大的，一个小的脸，偎在一起了。

车再停的时候，她们下去了。

在这么短短的两站之间，孩子的心中或许印着那么一个"大叔"的影子；在这么长长的一条旅途上，陌生人们的眼里还依旧是陌生的人们吧。

红　酒

傍晚，车停在一个站里等着错车，过了一刻，另一列车来了。起初很快，慢慢地就停在对面了。

这边的车窗正好对着那边的车窗，但那边车窗是被锦绣的幔子遮住一半。就在这一半的窗子之下，我看见了一个小小的台子，台子上放着一个黄绫罩子的宫灯，灯下映着明晃晃的刀叉，胡椒盐白瓶子，多边的盘子……还有一个高脚杯子，杯子里满盛着红色的酒液。

看见一只毛茸茸的手把杯子举了一下，红色的杯子变成白色的了。

看见两只毛茸茸的手，割切着盘子里面的鱼和肉，一会儿盘子里狼藉得只剩下碎骨和乱刺了。

看见高脚杯里又红满了……

又是一只毛茸茸的手伸出来了……

那边的人，怕已醺醺然了，可是这只毛茸茸的手，仿佛从我心里攫夺了什么东西去的，我的心，觉得有些痉挛起来。

——红酒里面，是不是浸着我们的一些血汗呢？

大地被压轧着响了，对面的列车又开始前进了。

一九三四年作

夏 虫 之 什

楔 子

在这个火药弥天的伟大时代里，偶检破箧，忽然得到这篇旧作；稿纸已经黯黄，没头没尾，不知从何说起，也不知到何处为止，摩挲良久，颇有啼笑皆非之感。记得往年为宇宙之大和苍蝇之微的问题，曾经很热闹地讨论过一阵，不过早已事过境迁，现在提起来未免"夏虫语冰"，有点不识时务了。好在当今正是炎炎的夏日，对于俯拾即是的各种各样的虫子，爬的、飞的、叫的，都是夏之"时者"，就乐得在夏言夏，应应景物。即或有人说近乎赶集的味道，那好，也还是在赶呀。只是，童子雕虫篆刻，壮夫所不为罢了。

添上这么一个楔子，以下照抄。恐怕说不清道不明，就在每节后边添个名儿，庶免有人牵强附会当作谜猜，或怪作者影射是非云尔。

一

在小学和中学时代读过的博物科——后来改作自然和生物科了，我所得到的关于这方面的知识似乎太少了。也许因为人大起来了，对于这些知识反倒忘记，这里能写得出的一些虫子，好像还是在以前课本上所看到的一些图画，不然就是亲自和他们有过交涉的。

最不能磨灭的印象是我在小学《修身》或《国文》课本里所读过的一篇

文章。大意说，有一个孩子，居然在大庭广众之前，他辨证了人的存在是吃万物，还是蚊子的存在为着吃人的这个惊人的问题。从幼小的时候到成年，到今日，我不大看得起人果真是万物的灵的道理，和我从来也并不敢小视蚊虫的观念，大约都受了他的影响。

偶翻线装书，才知道我少小时候所读的那一课，是出于列子的《说符篇》。为着我谈虫有护符起见，就附带把它抄出：

"齐田氏祖于庭，食客千人，坐中有献鱼雁者，田氏视之，乃叹曰：

'天之于民，厚矣！殖五谷，生鱼鸟，以为之用。'众客和之如响。鲍氏之子年十二，预于次，进曰：

'不如君言，天地万物，与我并生类也，类无贵贱，徒以小大智力而相制，迭相食，非相为而生之。人取可食者而食之，岂天本为人生之？且蚊噆肤，虎狼食肉，非天本为蚊蚋生人，虎狼生肉者哉？！'"（人虫泛论）

二

红头大眼，披着金光闪烁的斗篷，里面衬一件苍点或浓绿的贴身袄，装束得颇有些类似武侠好汉，但是细细看他的模样，却多少带着些乡婆村姑气。

也算是一种证实的集团的动物了，除了我们不能理解的他们的呼声和高调之外，每个举止风度，都不失之为一个仪表堂堂的人物。

趋炎走势，视臭若家常便饭的本领，我们人类在他们之前将有愧色。向着光明的地方百折不回，硬碰头颅而无任何顾虑的这种精神，我们固然不及；至如一唱百和，飘然而来，飘然而去的态度，我们也将瞠乎其后的。

兢兢业业地，我从来不曾看见他们合过一次眼，无时无刻不在摩拳擦掌地想励精图治的样子，偶尔难以两臂绕颈，做出闲散的姿势，但谁可以否认那不是埋头苦干挖空心机的意思。

遗憾的只是谁都对于他们的出身和居留地表示反感，甚至于轻蔑，谩骂，使他们永远诅咒着他们再也诅咒不尽的先天的缺陷。湮没了自身的一切，熙熙攘攘地度了一个短促的时季，死了，虽然也和人们一样的葬身于粪土之中。

人类的父母是父母，子弟是子弟，父母的父母是祖先——而他们的祖先是蛆虫，他们的后人也是蛆虫，这显然不同的原因，大约就是人类会穿衣吃饭，肚子饱了，又有遮拦，他们始终是虫，所以不管他们的祖先和后人也都是蛆了。

出身的问题，竟这样决定了每个生物的运命，我不禁惕然！

但无论如何，他总算是一员红人，炎炎时代中的一位时者，留芳乎哉！遗臭乎哉！（蝇）

三

想着他，便憧憬起一切热带的景物来。

深林大沼中度着寓公的生活，叫他是土香土色的草莽英雄也未为不可。在行一点的人们，却都说他属于一种冷血的动物。

花色斑斓的服装，配着修长苗条的身躯，真是像一个秀色可餐的女人，但偏偏有人说女人倒是像他。

这世界上多的是这样反本为末，反末为本的事，我不大算得清楚了。

且看他盘着像一条绳索，行走起来仿佛在空间描画着秀丽的峰峦，碰他高兴，就把你缠得不可开交，你精疲力竭了，他才开始胜利地昂起了头。

莎乐美捧着血淋淋的人头笑了；他伸出了舌尖，火焰一般的舌尖，那热烈的吻，够你消受的！

据说他的瞳孔得天独厚，他看见什么东西都是比他渺小，所以他不怕一切地向前扑去，毫不示弱，也许正是因为人的心眼太窄小了，明明是挂在墙上的一张弓，映到杯里的影子也当作了他的化身，害得一场大病。有些人见了他，甚至于急忙把自己的屁眼也堵紧，以为无孔不入的他，会钻了进去丧了性命——其实是同归于尽——像这种过度的神经过敏症，过度的恐怖病，不是说明了人们是真的渺小吗？

幸亏他还没有生着脚，固然给画家描绘起来省了一笔事，可是一些意想不到的灵通，也就叫他无法实现了。

计谋家毕竟令人佩服，说打一打草也是对于他的一种策略。渺小的人们，应该有所醒悟了吧？

虽然，象征着中国历代帝王的那种动物，龙，也不过比他多生了几根胡须，多长了几条腿和爪子罢了。（蛇）

不与光明争一日的短长，永远是黑夜里的游客。在月光下的池畔，也常常瞥见他的踪影，真好像一条美丽的白鱼。细鳞被微风吹翻了，散在水上，荡漾着，闪动着。从不曾看见鬼火是一种什么东西的我，就臆测着他带着那个小小灯笼是以幽灵为膏烛的。

静静地凝视着他，他把星星招引来了，他也会牵人到黑暗的角落里去。自己仿佛眩迷了，灵魂如同披了一件轻细的纱衣，恍惚地溶在黑暗里，又恍惚地在空中飘舞了一阵，等回复了意识之后，第一就想把自己找回来，再则就要把他捉住。

在孩提的时候，便受了大人的告诫"飞进鼻孔里会送命"。直到如今仍旧切记不忘。我以为这种教训正是"寓禁于征"的反面的作用。

和"头悬梁，锥刺股"相媲美的苦读生的故事，使这个小虫的令名，也还传留在所谓书香人家的子弟耳里。

不过，如今想来，苦读虽好，企图这一点点光亮，从这个小虫子身上打算进到富贵功名的路途，却也未免抹煞风景了。我希望还是把它当一项时代参考的资料为佳。

欣喜着这个小虫子没有绝种——会飞的，会流的星子，夏夜里常常无言地为我画下灵感的符号；漂着我的心绪，现着，却不能再度寻觅的我所向往的那些路迹。

虽没有刺目的光明，可是他已经完成了使黑暗也成为裂隙的使命了。(萤)

五

"百足之虫，死而不僵。"多半是说着他了。

首尾断置，不僵，又该怎样？这个问题我是颇有提出来讨论一下的兴致的。就算他有一百只足，或是一百对足吧，走起来也并不见得比那一条腿都没有的更快些。我想，这不僵的道理，是"并不在乎"吗？那么腿多的到底是生路也多之谓吗；或者，是在观感上叫人知道他死了还有那么多摆设吗？

有着五毒之一头衔的他，其名恐怕不因足而显吧？

亏得鸡有一张嘴，便成了他的劲敌，管他腿多腿少，死而不僵，或是

僵而不死；管他头衔如何，有毒无毒，吃下去也并没有翘了辫子。所以我们倒不必斤斤斥责说"肉食者鄙"的话了。（蜈蚣）

六

今天开始听见他的声音，像一个阔别的友人，从远远的地方归来，虽还没有和他把晤，知道他已经立在我的门外了。也使我微微地感伤着：春天，挽留不住的春天，等到明年再会吧。

谁都厌烦他把长的日子拖着来了，他又把天气鼓噪得这么闷热。但谁会注意过一个幼蛹，伏在地下，藏在树洞里……经过了几年甚至于一二十年长久的蛰居的时日，才蜕生出来看见天地呢？一个小小的虫豸，他们也不能不忍负着这么沉重的一个运命的重担！

运命也并不一定是一出需要登场的戏剧哩。

鱼为了一点点饵食上了钩子，岸上的人笑了。孩子们只要拿一根长长的杆子，顶端涂些胶水，仰着头，循着声音，便将他们粘住了。他们并不贪求饵食，连孩子们都知道很难养活他们，因为他们不能受着缚束与囚笼里的日子，他们所需要的唯有空气与露水与自由。

人们常常说"自鸣"就近于得意，是一件招祸的事；但又把不平则鸣当作一种必然的道理。我看这个世界上顶好的还是作个哑巴，才合乎中庸之道吧？

话说回来，他之鸣，并非"得已"，螳螂搏着他，也并未作声，焉知道黄雀又跟在他后面呢？这种甲被乙吃掉，甲乙又都被丙吃掉的真实场面，可惜我还没有身临其境，不过想了想虫子也并不比人们更倒霉些罢了。

有时，听见一声长长的嘶音，掠空而过，仰头望见一只鸟飞了过去，嘴里就衔着了一个他。这哀惨的声音，唤起了我的深痛的感觉。夏天并不因此而止，那些幼蛹，会从许多的地方生长起来，接踵地攀到树梢，继续地叫着，告诉我们：夏天是一个应当流汗的季候。

我很想把他叫作一个歌者，他的歌，是唱给我们流汗的劳动者的。（蝉）

七

桃色的传说，附在一个没有鳞甲的，很像小鳄鱼似的爬虫的身上，居然迄今不替，真是一件令人不可思议的事了！

守宫——我看过许多书籍，都没有找到一个真实可以显示他的妙用的证据。

所谓宫，在那里面原是住着皇帝，皇后，和妃子等等的一类神圣不可侵犯的人物——男的女的主子们，守卫他们的自然是一些忠勇的所谓禁军们，然而把这样重要的使命赋予一个小虫子的身上，大约不是另有其他的缘故，就是另有其他的解释了。

凭他飞檐走壁的本领，看守宫殿，或者也能够胜任愉快。记得小时候我们常常捉弄他，把他的尾巴打断了，只要有一小截，还能在地上里里外外地转接成几个圈子，那种活动的小玩意儿，煞是好看的，至于他还有什么妙用，在当时是一点也不能领悟出来。

所谓贞操的价值，现在是远不及那些男用女用的"维他赐保命"贵重，他只好爬在墙壁上称雄而已。

关于那桃色的传说，我想女人们也不会喜欢听的，就此打住。（壁虎）

八

胖胖的房东太太，带着一脸天生的滑稽相，对我说了半天，比了半天，边说边笑着，询问我那是一种什么东西。我不大领会她的全部的意思，因为那时我对于非本国语的程度还不够，可是我感到侮辱了，侮辱使我机智——

"那个东西吗？东京虫哩。"我简单地回答出她比了半天，说了半天的那个东西。

她莫奈何地嘻嘻嘻……笑了，她明明知道我知道，而我故意地却给她了一个新的名字，我偏不能因为一个小小的虫名，也便使我们的国体沾了污点。

这还是十多年以前的一件事。

后来，每当我发现了这个非血不饱的小虫时，我总会给他任何的一种极刑；普通是捏死，踩死，或是烧死。有时想尽了方法给他凌迟处死。最后我看见他流了血，在一滴血色中，我才感到报复后的喜悦与畅快！

像这样侵略不厌，吃人不够的小敌人，我敢断定他们的发祥地绝不是属于我们的国土之上的。

某国人有句谚语："'南京虫'比丘八爷还厉害！"这么一说，就可想他们国度里的所谓"皇军"真面目之一斑了。把这个其恶无比的吃血的小虫子和军人相提并论起来，武士道……一类的大名词，也就毋庸代为宣扬了。我誉之为"东京虫"者，谁曰不宜？

听说这个小虫，在一夜之间，可以四世或五世同堂（床？）繁殖的能力，着实惊人了。

可怜的这个小虫子发祥地的国度里的臣民呀！（臭虫）

九

北方人家的房屋，里面多半用纸裱糊一道。在夜晚，有时听见顶棚或墙壁上司拉司拉的声响，立刻将灯一照，便可以看见身体像一只小草鞋的虫子，翘卷着一个多节的尾巴，不慌不忙地来了。尾巴的顶端有个钩子，形象一个较大的逗号"，"。那就是他的自卫的武器，也是因为有了这么一个含毒的螫子，所以他的名望才扬大了起来。

人说他的腹部有黑色的点子，位置各不相同，八点的像张"人"牌，十一点的像张"虎头"……一个一个把他们集了起来，不难凑成一副骨牌——我不相信这种事，如同我不相信赌博可以赢钱一样。（倘如平时有人拿这副牌练习，那么他的赌技恐怕就不可思议了）

有人说把他投在醋里，隔一刻便能化归乌有。我试验了一次，并无其事。想必有人把醋的作用夸得太过火了。或许意在叫吃醋的人须加小心，免得不知不觉中把毒物吃了下去。

还有人说，烧死他一个，不久会有千千万万个，大大小小的倾巢而出。这倒是多少有点使人警惧了。所以我也没敢轻于尝试一回，果真前个试验是灵效，我预备一大缸醋，出来一个化他一个，岂非成了一个除毒的圣手了吗？

什么时候回到我那个北方的家里，在夏夜，摇着葵扇，呷一两口灌在小壶里的冰镇酸梅汤，听听棚壁上偶尔响起了的司拉司拉的声音……也是一件颇使我心旷神怡的事哩。

大大方方地翘着他的尾巴沿壁而来，毫不躲闪，不是比那些武装走私的，作幕后之宾的，以及那些"洋行门面"里面却暗设着销魂馆，福寿院的；穿了西装，留着仁丹胡子，腰间却藏着红丸，吗啡，海洛因的绅士们，更光明磊落些吗？

"无毒不丈夫"的丈夫，也应该把他们分出等级才对。（蝎）

十

闹嚷嚷的成为一个市集，直等天色全黑了，他们才肯回到各自的处所去。

议会吗？联欢吗？我想不出他们究竟有什么目的和企图。

蜘蛛，像一个穿黑色衣服的法西斯信徒，在一边觊觎着，仿佛伺隙而进。我的奋斗的警句，隐约地压倒了他们那一大群——

"多数人永不能代替一个'人'，多数时常是愚蠢而又懦弱的政策的辩护人。"

像希特勒那样的"成功"，还不是多半由他们给造就的吗？不看这位巨头，迄今还是一个独身者，甚至于连女色也不接近，保持着他这个"处男"的身份。

感谢世界上还有一种寒热症，轮到谁头上，谁得打摆子，那也许就是他说胡话，发抖的时候了吧。

我得燃起一根线香来，我想睡一夜好觉了。（蚊）

缀

妻在她们姊妹行中是顶小的一个，出生的那一年，她的母亲已经四十岁。妻的体质和我并不相差许多。没料到她却比我在先的把血吐尽，仅仅活了二十六年，就在一个夏末秋来的晚上静静地死去了。留给我的是整个的秋天，和秋天以后的日子。

这个不幸的消息，一直隐瞒着一个老年人（没有一个老年人不在翘盼着她的幼小者的生长，对于自己的可数的日子倒是忘得干干净净的）；使老年人眼见着"黄梅未落青梅落"的情景，这种可怜的幻灭感，恐怕比他自己临终时所感到的那种情景还要伤恸的。

妻的母亲就是这样一个可怜的老人。

"五姑的病，转地疗养去了。"起初是用这样分隔的话来隐瞒着她。那时妻已经躺在一块白石碑的底下。

"发了疯的日人，不分城里城外的滥炸，把五姑糟蹋了！"过了一年，抗战的炮火响亮了，时代正揭开了伟大的一幕，才把幼小者已经死亡的故事传告了这个老人。因为唯有这种措辞是合理的，也唯有这种措辞足以取信。全中国的父母都知道，为国家牺牲了的骨肉，这骨肉还是光荣的属于自己的；我们每个人都知道，死亡并不是一个终结，那解不开的仇恨，早已使我们每一个人的眼睛发光，清清楚楚地认识了：唯有凶暴的侵略者，才是我们所有的生命的敌人！

妻的墓，那是正浸在汤山的血泊里。

在炮火中又过了一年，想不到我会来到的地方，我会和妻的母亲再见了。如果这回和妻同来，我不知道对于这个雪发银头的老人，她将怎样惊异而发怔了。

"妈，看我走过千山万水还是好好的，你喜欢吗？"

"喜是喜欢，只是看见落了你一个人。"

…………

像是拾到了一件可怜惜的东西，同时也就接触到那件东西的失主的一颗更可怜惜的心。

幼小者的墓，遥遥的还留在沦陷了的区域里。梦也不会梦到。如今我竟一个人又立在她的母亲的面前了。

虽然是轰炸之下，我们还依常地度了一些日子。

母亲戴着花镜，常常一个人坐在窗下，为我缝缀着一些破了的衣什，我感泣，我没有语句可以阻止她。

"天已经黑了，留到明朝吧。"

她不理睬，索性撕掉那些窗纸——前次已经被日人的炸弹所震裂了的窗纸，继续缝缀着。

"成功了。至少还可以穿过几个冬天的。"

人世上悲哀的日子没有停止，爱的日子也正长着……

遥想着油绿的小草，该是在妻的墓畔轻轻招展的时候了。

愿春晖与弱草，织缀着墓里的一颗安息着的心。

母亲和我，不久都会返来的。

苦　行

《信不信由你》这本书，并不如初想时那么荒谬怪诞，两年前我看过一次，一段一段稀有的事迹，使人发生"天下之大，无奇不有"的感觉。至今有些印象，还能或明或晦地留存在脑际。

人们对于一个被揭晓了的谜，便仿佛失去了它原来那种浓厚的趣味，而谁都知道金子是从深山，从沙砾中淘炼出来的，可是山石沙砾仍是被视为山石沙砾，这或许就是人们长远地只住在宇宙之间，从不曾进到真理的乡土里去。在那本书上说，从前热带地方有一个土人，他高举着他的手，直等待着鸟雀在他掌上搭起了一个巢窠。他是傻子吗？他就是所谓野蛮的未开化人？然而我并不这样想；我相信他才是一个有信心的人。他忍受了任何困难与折磨，屹然不动，鸟巢到底选择了他的掌上搭成了！获得希望的花朵与结实的果子的，不属于有信心的傻子，难道专是聪明的贤哲的吗？

我陡然悟觉了苦行的道理，它好像一道闪光，照明了我在生命途中的一个指向。

宗教导人信仰：一个"神灵"，或是有一个"主宰"，或是上帝，或是菩萨——一个共同的至善，或是真理。叫人忏悔过去，忘却现实，冀求未来……

——一手握宝剑，一手捧经典吗？

——一边是地狱，一边是天堂啊！

——我还聪明，我不执迷，我傻，我也不受威吓。

——不管吧，信仰即在其中了。

其实，天堂和地狱，都是离我们一样的遥远，也许是一样临近，我们应当怎样举步，怎样行抵呢？还是怎样裹足，怎样踌躇呢？

人本来是一种矛盾的动物，有良知也有情欲，无所谓善或恶，精神和肉体都要寻索它们发展的线路。徒念"南无阿弥陀佛"或是"我主上帝"，便能直登"乐土"这种事，我还不相信有此秘诀，有此捷径！

对于苦行安之若素的，我想起了那居住在热带地方的一个土人的终成善果了。

我也想起了常常看见的那些坐禅，持斋，传道，托钵者，他们恐怕只是作了一种形式，甚至于用形式来乞食，来充饱他的皮囊，有谁了解苦行是到达至善的一条必经之路呢？唯有苦行，才是从根蒂处遏制一般虚浮的欲念的。

一个政客，一个经理，一个少爷或小姐，一个大老板……他们消耗着他们自身以外的许多生命，许多劳力，许多利润，无非是来充饱了他们自己。他们比他们以外的人更肥满些，更"营养"得法些，所以他们有更多的钱，更多的力，更多的"精神"，更多的脂肪，于是他们"创造"了更多的，更机灵的，其实是更坏的，更违反自然的，更压榨他人福利的享受的方法。没有见过地狱的，且看看这些地狱的守者吧！他们才是真正的肉食渴血者，真正的掠夺者！

他们都是敌人，他们都是我们的生命的敌人，我们同敌人在一起或是屈服敌人，我们即没有生命，也即是我们不要生命——这不是一个谜，也不是一个被揭破的谜，我们要进到真理的家乡去，我们唯有一路地战胜那些敌人！

　　苦行，便是我们生命途上的一盏明灯。带着它可以走向任何遥远，任何广大的地方去，可以走到那个真理的家乡去。万万个人同向一个至善的真理的家乡去了，今日的世界，难道还不能转一个新的场面吗？每个人以苦行磨炼着他自己，他的生命会发出纯洁的闪光，集无数的纯洁闪光的生命，组成了社会世界，我想物质的生产将是充裕而且会剩余下来；因为谁也不要侵占。精神收获将是丰饶而且会储存下来；因为谁也不想掠夺。无限地成了一环，无竭地互相交流，整个的世界是完全的光明，没有了地狱，任何的角落，以至心灵的角落，都是天堂。

　　苦行不是消极的，不是抹杀生之欲念的，唯有苦行才是燃起了真正生命的火种；唯有知道苦行，体行苦行的人，才能知道真正的生命是什么灵素组成的。

　　我没有信仰更不是一个乌托邦论者。我在高举着我的手，柴枝般的手，只是为了一种招示：

　　记住我们的敌人！认清我们的敌人！反抗他们！战胜他们！

　　我的手永不放下！

　　真理一定会在上面搭起了一个巢窠来！

夜　　行

夜分的时候，在归途中我经过一座古老的木桥。桥跨着两边寂静的街道。几点灯光，稳稳地映在河床上，水仿佛也不再愿意流去了。

一个老人，被一个孩子引着，左手搭在孩子的肩上，右手握着一根竹杖。他们的衣服都是破碎的，蒙蒙中可以看出那里有一个黑黑的洞眼，那里是一块垂挂下来的布片。

"奶奶……奶奶……"孩子不时地叫唤着，从那哭泣似的音调中，能够认识了他有全部的苦痛和烦恼；他有一个单纯的冀求。

"噢—— 噢——"老人漫然地应着。不是竹杖嗒嗒地打着桥板，会疑心他在给孩子和他自己催眠了。

孩子叫的并不是这个老人—— 他应着，似乎就是表示他可以领着他去寻找什么的意思。

一个是赤足的孩子，一个是盲眼的老人，我不晓得在这个深沉的夜里，谁是他们之中的引导者。

黑暗占领了他们，可是黑暗被他们征服着：因为他们并不停留，穿过了黑暗，一定有一个目的所在的地方。

轰　炸　下

电笛，气哨，钟声，长短的哀鸣起来了。

警报！

在父母亲的大地上，静静伏着处女般的城市，乡村，镇落……如一群一群的幼雏，没有那么广阔的翅膀可以把他们掩护起来。

望望无垠的天空，那残酷的荒鹫，会从任何的一个方向飞来的。

说渺茫，也只有一刹那，无数的黑的星点，乱舞在每一个生命的周围了。

一万个鼓，在霹雳的声响里打着……

电笛，气哨，钟声，喘过一口长气，又呼叫起来了。可是有许多生灵就不再听见它。

解除警报。

二十个月以来，我几乎每天看见，听见，而且常常不忘记对死亡说声再会。不久以前，我还作轰炸下它一个极近的邻人，差不多和它握手了，可是从弹穴和弹穴之间隙跨越出来了之后，我依然可以用我的眼睛继续看，用我的耳朵继续听，用我的手，把那些看见的，听到的记载下来。

并且，我的心，更热的焙炼着一个信仰：为我们民族的解放与自由，为我们民族的光荣与生存，我们唯有忍受一切艰辛，对正那压迫我们，侵略我们的敌人以永不屈服的抗战！把血肉和泪汗捣成膏脂，燃炽了这把爝火，它将照耀着我们前进，一直冲过了黎明前期的黑暗。

愿意牺牲自己，供献于神圣真理祭坛之上的人们，记得古代殉道者的对话吗？

"往何处去？"

"罗马。"

彼得死在罗马，彼得却永生在全人类的心灵中。

火

二十七年十二月二十九日下午，在桂林，我看见了我以为就是彭贝末日的那么一种大火。

半晴的天，已经全暝了；顶强烈的风，倒仿佛没有什么动展，整个的空间被黑的烟，白的烟盖得满满的，她们好像完全凝冻在一团了。

整个地面上，飞腾着几万条凶猛的毒蛇，一齐吐着它们那贪婪无厌的血红的舌头，一齐向空中舐着，在舐着那臃肿的冻瘤；又互相交舐着，似乎缺少了唾液般的焦渴着。

我不大相信，从来不曾把它作过形容词句的几个字，立刻从我胸腔迸出口来：

火啊，真是海一样的火。

漂在这火海上的，是一列列的艨艟巨舰，可是一霎间便化作放射银色光芒的火架，冲飞不见了。

火炼狱在我的眼边！

今年二月四日在贵阳，允许我再啮着心说，我又看见了火的山……

所谓"万世一系"，统治者在三宅阪卵翼之下，在几千里外的彼岸，可以望见了这里的火山火海吗？

看看我们这些不设防的城市，一处一处成了废墟，成了焦土，一度火的海，一度火的山。想到上野不忍池的水，水当为我们呜咽；浅草的埋骨堂，堂下的幽灵当为我们饮泣了。

因为我们都是无辜的，我们遭受了不同的杀戮或焚烧，而是同样的一个毁灭。

住在地震之国的人们，听见我们活在焦土之上的还有不断地争取再生的呼声吗？

血　印

一阵疯狂的轰炸像百十座火山一齐迸裂了；整个大地接连不断地咆哮着……

城里面多少条火蛇，正仿佛从那些火山的喷口里伸吐出来。

警报很久还不解除。

城外边是满坑满谷的人，都眼巴巴地望着他们的家，他们的产业，他们的没有逃出来的同胞和骨肉……断送在这个无法扑灭无法援救的火城里。

一个集团凭吊着另一个集团，这是多么凄惨多么庄严的葬仪啊！

在满坑满谷的人群里，其实也有着不少遇难的，可是还没有人来过问。

惊弓之鸟，慢慢地各自分散了，痛定思痛的心，梗坠在每一个胸腔里。

小道旁边的一间茅屋底下，躺着一个蜷成一团的妇人，一动也不动。

过路的连停也不停一步，只是感叹着说：

"这里又是一个——死了吧？"

我听见这句话也伤感，同时超越了伤感，我还知道仇恨，和愤怒和羞耻！

一个人的死，便算脱离了世界的这件事，我不能相信！我不甘心死！我不甘心这样的死！因为我的仇恨和愤怒和羞耻，不会跟我同归埋没，它们也绝不会允许我死！

我如同追寻我的心灵之门钥似的走到这个妇人的近边，她依然是一动也不动，她似乎已经失掉了一切的感觉，我弯下身子才听见她还有极微弱的呼吸。

"救救……命……"微弱的声音恐怕连她自己也听不清楚。

从受伤到现在，至少已经过了两小时，这呻吟的声音虽然是微弱的，但谁晓得她已经呻吟过多少百次呢？

我立时离开了她，奔向大路方面去，我的眼睛饥渴般地扫射着每一个人，要找到一个同我一样饥渴般地想去救伤的人。

没有结果，我自己倒好像成了一个要被救的人，好容易才在路中拦住了一部有红十字标志的汽车。

"请停一下，那边还有一个！"我高声喊着。

车上跳下一个可敬爱的童子军，我们不说一句话，他随着我跑回茅屋底下来。

没有担架，用了我们四支手臂，把这个受伤的人抱持起来了——我想着她一定更痛楚，第一次掂量出了我自己的气力，勉强也可以胜任，这委实是一件使我颇为诧异的事。

最吃力的是将她高捧着放在车厢里去，那时她的身子几乎倒悬着，她不呻吟，她轻轻地说：

"唉——我的肚子——肚子炸破了吧！"

我才觉得轻松了一口气，又被一块沉重的石头压住了。

车，开去了，我默默地为那个人，同那一辆车，一起祝福着。

当晚就寝的时候，发现了我的衣服上有一大片殷红的血迹，掌按着它，仿佛还有一点潮气。

是那个妇人的创口处流出的，是那个不知名的，不知是否已经得救，还活在这个世界上的人所流出的血！

我极度的痛苦着，我想那些血，即是当时我所流出的也不会比这个更痛苦。

血，给我的衣服，给我的心，打上了一个不能泯灭的印记。

天样的仇恨

警报解除不久，第二次警报又响了，并且接连着就是紧急警报。隔了半天敌机没有来，于是又解除了。

走出避难的岩洞，重新看见菜园茅屋……重新看见了天，好像看见了别离已久的一些顶亲昵的人们。

不远的那边有一群人，一点也不喧哗地围作一个圈子，好像一簇蚂蚁交头接耳地绕着一滴糖水。

——放下你的鞭子，街头剧的演出吧？我寻思着。

围着的人，不作一声地渐渐散开了。一个老婆婆躺在半扇门板上，旁边僵立着一个拐杖。这张蜡黄色的脸，对于我并不陌生，我认识的！她的呼吸已经停止了。

不多几步的前边，又有一圈人。我不再去探视了，我知道也并不是一滴糖水，而是另一个没有了呼吸的尸身。

"有的抬进医院里去了。"路旁的小贩还谈说着，寄托着他们的希望。

这一天，没有谁流一滴血，没有谁呐喊一声，两个老人，和四五个兜在母亲背后的孩子，在两次警报当中，被一股狂奔的人潮冲倒，被挤落的，被踩踏的，被窒息的；丧失了他们的生命。谁曾听见爹娘哭他的儿女？儿女又哭他的爹娘？

仰望着晴空，我感到无限地愤怒，无限地羞辱！荒鹫没有来，但是它是毒爪，好像已经凌迟地把天撕成不可弥补的裂痕了。

是天一样的仇恨，覆罩着我的心胸，这仇恨是永远也不能解除的！

连那根拐杖上，连那条松落下来的背带上，也会刻深了这种仇恨，织满了这种仇恨。

默　念

为学习友邦的语言文字，已到中年，我又一度作小学生，与我一样咿呀学习的同学，十之八九在白天都有服务的地方，并且很多有家，有儿女，一到夜晚，就聚在一个课堂里来了。最难得的是，各省市的，各界的，各种遭遇不同的一群中年人，却是抱了同一个心愿，聚在一个教室里学习。我们用笨重了的舌头，学习那个发着"R"音的"P"字，我们学到C，C，C，P，那一大串的友邦的名称。我们知道了"巴尔地山"的意义……我们的心都年青起来了。我们好像看见北国的雪，雪上的巨熊。

两个多月的工夫，我们知道了许多军用单字。日常用的"再见""多谢"……酬应语，挂在我们的口头不歇地说着，我们并不觉得自己是幼稚的。记得我们有一次练习翻译：

——今日中午，发出警报，日本飞机十八架，轰炸南郊，仅死伤水牛数头。

这即是当日的一段事实。

不久，满三个月的期考考毕了，我们开了一次同学会，并且欢迎我们的校长，席上每个人自我介绍一次，大家异常恳切，散会时还拍了一张照片。

隔了两天，这个城市又遭了一次残酷的轰炸。那天晚上我们仍旧上课，课堂的情景却有些不同了，煤气灯照样点着，好像没有往日的光亮，四围的亚墙已经塌去，光亮都溜到外边，凄凉地照在枯树与砖瓦堆上。课堂里还空了一些位子。有些同学的家已经被炸；有的自己受了伤；一位姓李的同学是殉了难——警报发出的时候，我还在路上遇见他，他说先要回到家里去看一下，然而解除警报以后，他们所住的那一带已完全毁灭，没有谁看见他的归来，也没有谁在任何地方找到他的影子。天暗了，在火场里也寻不出他的尸体，拨开了灰烬，在一截烧残了的楼梯边，有一团焦块，在这焦块的近旁，有一枚校徽——我们学校的校徽，才知道他不能与我们道"再见"了。

讲课之先，大家都肃立了起来，我们低了头，为的默念，为的致哀。

我们失去了一个同学，一个同志，一个在长征途上的伙伴。短短的默念，使每个人的心都沉重了，因为它更加充血，我们牢记着那些同学，同志，同路的伙伴们所失去了的血。

前两天照的那张同学会的照片，于是成了我们纪念李君最好的东西。

离开学校，离开那个洪水甲天下的名城，到今天整整是一年了，为了不想离去而不得不离去的原因，异常使我追悔。今天，民国二十八年十二月三十日的今天，在警钟乱敲的声音中，不想只剩了我一个人，在这个遥远的地方，又独个儿在默念起来了。

我们忘不了这一笔血的债！我们这一代，我们的子子孙孙，世世代代，也不能忘记这笔血的债，除非我们有一天能够完全把它讨还！

归　牧

　　一个八九岁大的女孩子，拉着一个小火车头——这是我给水牛起的名字，因为它的身体比一般黄牛要庞大，在田间并不显得，等它走上了小路，对面遇见，就觉得它格外大，格外重，格外笨，真的像一个小火车头了。

　　水牛的鼻子里还发出气咻咻的声响，同火车头停下来的那种情景，可算毫无二致。

　　那么小的小姑娘，那么美好的，脸圆圆的小姑娘，她的个子，她的模样，她的服装，和这个水牛比照起来，一个在前头，一个在后面，谁说不像拉着一个小火车头呢？

　　那匹水牛，走走歇歇，好像意犹未尽；孩子背转过来退着步子走，仿佛听它的便，很有耐性似的，虽然我晓得这个孩子念家的心切，牛却不慌不忙地，并不随随便便就让这个小主人牵了回去。

　　我看见这个小女孩子的腕上，有一只还套着一个人造象牙的小手镯。

　　她们先是走在我的前面，不久就落在我的后边了。

　　我再回头，她们已经落在苍茫的暮色。

　　她们不比那热带地方的朝廷，坐在象背的锦鞍上，华丽的伞盖底下的王孙公主们更高贵些，更令人羡慕吗？

雨　日

朋友来信说了许多别后的事，末尾加了一句："你那里的天，是不是蓝的？"

要不是朋友这一问，我倒忘记了我为什么来到这么一个地方了：我有一双黑色的大眼睛，我憧憬着蓝色的天，我来到了这里。

我不曾告诉过关心我的友人吗？我早就应该用几个字报道：

"这里的天，是蓝的。"

蓝色的天，盖着我，我的梦，也是蓝色的。如果再沉静地，再单纯地补充一句话，我将说：

"在蓝天底下梦着我的梦，梦不思蜀了。"

然而，偏偏只有今天，我仿佛醒觉过来；身上多加了一件旧外套，依然有些寒意，伫立在窗下，想默默地寻回了那蓝色的天，和蓝色的梦。

一个孩子从花区中跑过去了

一个孩子又跟着奔向前去

一个挟着他的布鞋，光着脚

一个把他的童子军领巾拆散了披在头上

在一张伞盖底下，又看见两个肩抱着肩的孩子，低着头，慢慢地走着，像是数着他们的步子，像是谈着什么衷心话——隔着窗子，隔着雨声，我不能听见。

他们的步子踏着了我的心。谁望着水汪汪的地面上，一个小钉，一个小钉，钉着点点的愁恼呢？

我想抓回来那几个奔跑和行过的孩子们对他们恳诉：

不再可以了吗？把你们的力，分一点给我吧！我的血，并没有停滞，我还希望它们仍旧激流起来！

蓝色的梦，第一次被雨穿透了。

我知道我的故乡是遥远的；落着雨的故乡是不会映在眼前的。

我知道心灵的故乡，还在更遥远的，更遥远的地方……

唯有那里才有永恒的蓝色的天。

花　　轿

前两天，我差不多同时接到三份以上的喜柬。迎娶的或出嫁的，都择定了一个相同的日子。

这一天，我只能到一家做客去。我经过了好多悬灯结彩，喜气洋溢的门口，都不是我所要去的那一家，也不是我接到请柬而不准备去的那些人家。我知道这一天还有很多很多人家在结婚。

满街满巷花轿来来往往，因为街道不很宽，几顶花轿拥挤在一处，并不是一种稀奇的事。

我想，今天全城郊的轿夫是要总动员起来的吧。

新娘，新郎，以及他们重要的家属，或是红媒大宾，都可以有轿子坐，不过新娘所坐的是花红轿子。

她们或他们都很大方，并且也不像别处的花轿，非那么层层遮掩，密密围盖不可；也不考究花轿所谓改良式的花马车啦，花汽车啦，线呀缎呀织锦的湘潇的什么，仅只是一顶一顶罩上花红洋布的喜轿。喜轿的前面也不用轿帘，所以我们在街上尽可以看出新娘的俊丑，穿的什么衣裳和鞋袜。有时候新娘也从轿子里眼睛滴溜咕溜地看着你，只要她愿意。

从这一点，自然，合乎人情，不鬼祟，不躲躲藏藏，不耍猴子戏，我就最感觉得喜欢，感觉畅快。而且，对于那一些所谓"时兴"的，"文明"的结婚仪式，倒毋宁是使我最厌弃，最痛心疾首的了。

还有，这里抬轿的人，并不真是"轿夫"，而都是"轿妇"。她们的劳力，比男子们更可贵些，比性质，也更伟大些。

这一天，在我未抵达那个结婚人家以前，我是被一顶花轿压在后面。我走路常常低着头，这一次却例外地望着前面：

一顶花红洋布的藤轿子，慢慢地款乃着。

两个轿妇，四只没有步骤的，参差上下的脚，光着，一直光到膝盖以上。

还有一双幼小者的脚，露在一个轿妇的腰背后。

这个轿妇在负着双重的工作：肩上扛着人家嫁出的女儿，背上背着自己生下的孩子——不晓得是男还是女。

这是一代，两代，三代了。也仿佛象征着正、反、合三个阶段似的。

我低徊着，我不能说出我是不是有了一种"了然"感。

百年好合，然而百年何几？

我想起寂寂地已经埋宿在坟冢里的妻子，我惊觉了我如今还是走着人生的茫茫的路途——只有这一条茫茫的路途。

珠　　泉

学校在西北城角外的珠泉街上，就许因为学校里有喷珠泉，所以才把这条街起下这个名字。

在没有来到这里以前，我还没有听见过有这么一种泉名，甚至于到了这里许多日子之后，我才无意中发现了这里有这么一个胜迹。

济南城西的趵突泉，我也没有去看过。据书上说："有泉涌出，高或至数尺。"拿"趵突"这两个字形容泉水，便可想和"喷珠"是迥乎不同的了。

这泉水正在校本部办公室之前，企鹤楼的下面。泉水被砌石的池子围着，池周环绕着栏杆，正中架着一道拱桥。

对于景物的描写，我是一个最没有办法的低手。现在只好把学生们记叙校景中关于珠泉的文章摘录几条下来：

开门见山的如：池里面的水，会咕噜咕噜向上冒，好像珠子喷出来似的。

略加形容的如：忽续忽断，忽急忽缓；日光映着，大的像珠，小的像矶，连贯不绝。

烘托陪衬的如：水面上铺着一层浮萍，泉从萍底下涌出，萍被泉水做成无数的圈子。

推理抒情的如：似有喷泉，其实不是喷泉，乃是地下的一种气体上升。一年四季，昼夜不停地永远像水那般滚沸着，冒着，永远是那么纯洁，永远是那么活泼聪明，永不退缩。

我最喜欢的一则还是有一个同学他只写了两句，好像已经描摹尽致了。他道："像鱼在池中吐水，轻轻地起了一串泡沫。"

没有见过珠泉是什么样子的人，你们在这里也会听见了珠泉的声息了吧？

可是这声息就常常欺蒙了我。当我深夜从桥头经过，或是一个人静静坐在室内的时候，我总是一下便想起：鱼在喋喋吗？……天在落雨吗？

其实，什么也不是，沉寂的庭院里，只有松柏的黑影，和黑影间隙的繁星。原来，珠泉在那边切切地似乎在和谁私语着。

殿角檐头挂的那个铁马儿——经过多年风雨，怕已锈了——不时叮当着也仿佛和谁应答似的；可是它，却惊醒了我十年前的旧梦：山寺、黄昏、露台、蜜月、拥抱。幸福像一股泉水，谁也没有想到她的源流是会枯竭的！

我推开了堆在眼前的这一叠子年轻人写下的东西……

——文字毕竟是一种多么贫弱而可怜的符号呀！让自然来和我们对话，或是让我们对自然私语吧。

如果把珠泉的生命赋予我，把星星的亮光分给我，我将永远伴着我的在黑暗中的灵魂，并且和她私语：爱，便是一种永远的信守！即或像一串泡沫，可是她永远纯洁，永远活泼，也永远不会退缩。

牛　　场

　　我走过那么多的地方，我走到这辽远的地方来了；常是孤独的一个人，没有伴侣。我虚度了青青的一段岁月，如今正是蹒跚在中年的旅途上。一声猫咪，一声犬吠，一声鸡鸣，都是唤觉了我：我没有和谁别离，依然在我们的祖国里。猫是家乡一样的圆圆的脸，或许就是家乡里走出来的；狗是一样地摇动尾巴，或许就是从家乡走出来的；雄鸡是一样地好斗，母鸡是一样地领着幼雏咕哝着，也许就是家乡的人从家乡带出来的……

　　我不是一个农家子，当我嗅着那种土壤里混合着牛屎或马粪的气味时，我仿佛有如归之感了。

　　我爱这里的湖山如画，也更怀念起故乡的一切的可亲，然而如今却被铁骑践踏着，给我的记忆烙下了顶深的伤痕！

　　我还爱这里的牛群——它们是愿意做奴隶的，愿意作汉族主人的奴隶。它们拉车；它们拖木料，它们耕田，它们还能驮货物，每逢遇着它们成群结队地迎面而来，我就侧在一边，望着它们眼睛里闪出诚恳忠实，憨直与驯良的光芒。那在田里仁立着的水牛，我知道它们是在劳止的时候了。在天空之下，好像我也分得一份悠闲与宁静。我曾给它们起过"小火车头"的绰号，有时看见水鸥和鹭鸶就歇在这庞然大物的背上，它不动弹，鹭鸶也很闲散地为它啄着痒痒——大概它们的脊背上长了寄生着小虫或牛虱一类东西。

　　大批的黄褐色的牛群，常常有班期地从元江磨黑一带驮了盐块来，照例总是歇在车站附近的一个并不平的土场上，它们如同一队完成任务的辎重兵，在到达目的地以后，也不胡闯乱跑。赶牛的临时搭起灶来，马上可以烧水煮饭，并且在大锅里舀上几瓢猪油，炒些蒜叶和肉片（多半是它们队伍里的同伴身上割宰到屠店里去的）做菜吃。

有的伫立着，有的低着头吃着散在脚边的干稻草，有的伏着，在思量着什么似的空口咀嚼着。

反刍的动物啊！我阴自唤着它们，不是炫夸我还记得一些生物学上的名词，而是寄着我的同情，甚至于是为了我自己而申诉：

——有吃食的时候，且尽量吞咽吧。不管是为了要饱肚皮，还是要留着咀嚼。虽然饱肚皮和磨牙齿，你们吃的是草，仅只是一些干枯了的草。

我在这个场上，往往稽留很久的时刻，没有一个友伴。过路的人们也许有知道我的姓氏的，但谁也不会理解我有这么许多的同伴就在这个牛场上。

有时，黑夜从场边经过，我听到丁冬……丁冬……冬冬……丁丁的铃声（这里的牛，颈上用粗链系着一种特制的筒样的铁铃，发出一种沉郁的瓮音），我知道有几头牛大概还没有睡去。

明天，场地空了，牛群去了，在那狼藉的粪堆与草梗中，还仿佛饱蕴着我的怀念……

渴血，肉食，乳饮者的幸福和生长如果是有的，我不相信有这样的幸福和生长了！

马克思的名言，"革命是历史的火车头"，我不禁胡乱地想：

铁铃的声调，该是我们的战士，我们的力夫，我们的建设者的响奏了？

我希望而且愿意：做奴隶，做我的祖国的奴隶。

街　　子

很静，蜂群在偌大的校园里闹嚷嚷的没有人管。

看着不作声，点缀在干枝上的花朵并不寂寞。

风里有时吹来一阵市声，我想起今天又是"街子"了。五天一大街，三天一小街，宁静的日子过得也很快。

在这里，不是街子的日子，几乎一半像在睡眠中，所以逢着醒期，便会发出声气来。

看见书架上挂的一个手提袋袋——前天买了一尺二寸布自己缝就的，还没有用过，便打主意也来赶一趟街子。

不像赶街子的牛车(因为只拉了几块石头)，慢腾腾地走在路中央，把"街子"弄得更热闹，更挤了。

背竹子到城里来卖的，要算是赶街子的一种了，不过他们的竹子，常常把比人头高了一点的空间占了去。

初次赶街子，我的促，可以用"缩首蹑足"四个字代表了。

鸭鸭鸭鸭鸭……鸭子自己叫卖着自己。

咕咕咕咕……公鸡不耐烦地在女人怀抱里。

整担的盖着松针的水果，被挑着向前直冲，好像说：

"不零卖。"

压弯了腰的背柴人，在一边挂着一根拐棍，似乎不想多走了。

城门口居然挂起了一幅人体解剖图，探头一望，知道是卖草药的。

大红大绿的那种云头绣花鞋（我看了想起"寿鞋"来），却惹得不少的女猓猡"望之弥羡"似的。有的空了身子，把枷板放在一边，蹲在人家石阶上，掏出一个冷饭袋，抓着些红米粒往口里送，是吃午餐了。

我在一个米线（米粉）摊子前面立了好一会儿。看着她们像吃鸡丝面似的一碗接一碗地吃下去。想，赶街子的钱，将吃下肚了；赶一回街子也是赶一回肚皮哩。

卖米线的那个老太婆，大脚，怕是一个老猓猡。嘴已经瘪了，很安详低着头，料理着客人要吃的东西——极有条理地把每一碗光米线里，舀上一点酱油，舀上一点盐水，舀上一点辣椒，舀上一点腌菜……最少要舀上七八样作料。红红绿绿的铺盖了一碗。

"吃吧！"她忽然抬起眼望了我一下问。

我微笑着，不好意思地离去，算是代答了她的善意。

我不想吃那种东西，对于她那种动态，却觉得十分有趣而值得欣赏。

挤了半天，又提着空的袋袋回来了。赶了一趟街子，比上一次"大公司"并不显得更疲惫些。

小　花

　　到昆明的时候，初次看见一种像水仙似的花，没有茎，没有叶，只有一朵朵的小花漂在水面上，我不知道它的名字，也没有向谁问起过，只在我心里记忆着：小花，睡在水面上的小花。

　　在石屏，这种花更多，因为它原是生在水上，这里靠近异龙湖，除了山，便是水，本地人叫作海菜花（他们把这个二十里直径的异龙湖叫作海）。我不喜欢这个名字，但也不想在植物学上追究它到底叫什么。我自己仍是把它叫作小花，睡在水面上的小花。我保存"小花"这个名字，也是想保存我对宁静，纯真与美丽爱好的意思。换一个说法，我所喜欢的纯真，宁静，美丽的东西，我笼统地把它当作小花。原来是花，我不知道它的名字，就叫它"小花"，自然更是恰当了。

　　前天我陪了一个年青的母亲到一个墓地去，我又想起了小花。

　　她做了不满六个月的母亲，孩子埋在这个荒冢上已经快两个月了。

　　这里和这个荒冢所在地，对于她都是陌生的，然而两个月前她却亲手把她的孩子埋葬在这里，像做了一个噩梦。

　　"你不是说过，你曾拾了许多石块垒在坟上的？"

　　她忆起了，转过身，就发觉足边有一堆石块。

　　"听说这里叫校场坝，是以前行刑的地方。"我后悔我说出这个阴惨的地方。

　　她不甚介意，她说当初来埋葬的时候，唯恐歹人盗去她孩子身上穿的衣服，或是被野狗拖出来吃掉，所以不照本地人的惯例，仍然装在一个小小的棺木里，埋得深深的，又在上面垒了许多石块——一块一块从很远的地方拾来的。

我在周围果然发现许多碎布片，小虎头帽子，小袄裤，和几张破蒲席，证实她的话是对的。

"这里还是好好的。"我看见这一堆石块并没有紊乱，附近的泥土也没有什么被翻动的痕迹。虽然我又想说："孩子在地下也该腐化完了。"

她低着头，默默地在寻思什么。

我把手里的一枝绿梅，投在石堆上（出来的时候，我们无意地都拿着花）。

她俯下身子，把自己手中的一枝碧桃，却郑重叮咛地插在石块与石块的间隙，要使它立了起来。

我感动地也俯下身，照她那样把绿梅竖直了。

于是，寂寂的石堆上，仿佛突然生就了两枝小花。

当我碰到她眼中发出的那一道光芒时，我如同瞥见一幅画像，禁不住要仰空呐喊：

伟大的女性啊！

（我虔诚的如信徒们所祝福的，愿我的母亲和我的妻的亡灵与上帝同在！）

道边过去几个行路人，他们有的也把眼光投到这边来，他们会惊异着荒冢上有了豺狗化作的精怪吗？会纳罕着流血的地方也有了生人的骨肉吗？也会遥遥的望见石堆上生苗了两枝小花吗？……

在石隙中插桃插梅的人，很容易想起那"海滩上种花"的孩子们了。

我想牵住一个过路人说，你们需要知道我们的名字吗？我们不能回答你；好像小花寂寂地浮在水面，开在地上，埋在土下，他们并不需要谁给他们起一个名字。

鹦　　鹉

　　寒假前的一个星期，那个曾在厅长公馆里当过园丁出身的厨役，早已带了一些礼物回家去了。我为预先解决吃饭问题起见，便不得不到城中那仅有的两家饭馆子去接洽一下。

　　"包伙食几多钱一个月？"我操着一点西南官话的腔调询问。

　　"三十八块国币。有几个人包？"老板答复我的问话，又反问我。

　　当我说明只有我一个人时，他干脆地拒绝了，说一个人不好包。

　　于是再跑到另一家去问：

　　"一个人包伙食，几多钱一个月？"为免除啰唆，所以这回说明"一个人"在先。

　　"四十六块国币。"

　　我听了他干脆的而没有附带条件的回答，倒很痛快，虽然明知比上一家贵了许多。

　　"好吧，从明天起。"我不还价地和他讲定。

　　"不行！"也许他看我这个食客太好讲话而突然变卦了吧？他的道理是：不行，师傅要回家过年去了，明年初十再谈。我想接着骂他一声"废话"，但没有说出口，因为我还想和他商量商量看：

　　"你们不是也要吃饭吗？你们吃什么，我跟着你们吃什么好了。"

　　他不答应，好像我的话倒成了废话了。

　　后来由一个同事的介绍，年假中的伙食，总算暂时能够寄搭在一个学生家所开的店子里。每次吃饭遇到那个学生，他总是躲躲藏藏的，倒弄得我有些难为情起来。烧饭做菜的就是他的祖母，他的年轻的母亲赤脚担菜在街上叫卖，菜卖完了回来也要招呼一下，便又料理别的事情去。在石屏，像这样能干的女人很不少，不过天足大脚的却不多。她们认为裹着小脚的是汉人，小脚的才是汉人的"正统"的标记。

学生的祖父是一位健谈家。据他说清代在武汉领过一营兵，见过不少场面。现在在石屏和临安一共经营着两家客店，自己来往主持，在地方上也可算是一个小小的寓公吧。

他平时喜欢吃一点酒，这也许就是他能够健谈的缘故。

"怎么得了！二三十口人吃饭，全靠我一个人。我这么大年纪……"他常常很动声色地这样说，但绝少有人打断他的话，或是理会他的用意。他的话也许最近成了口头禅了。沾一下酒杯之后，接着是一阵长吁和短叹。

他的老妻，他的结壮的儿媳，他的小孩女子，一会儿给他递过一把花生，一会儿给他送上一盘炸豆腐干，转来转去地服侍着他，好像说，请你尽管吃酒，尽管发牢骚吧！

檐下挂着一只鹦鹉，在地叫着，话题转换了，我的眼光也移到那只红嘴钩绿羽毛的美丽的小鸟身上。

"它就知道我吃酒了，我一吃酒他就要。"老主人拈起几颗花生送到那个铁架上的小盒里，仿佛不胜怜爱庇护之至似的。主人回到原位，继续赞美它如何认人，如何需要他的照料，他如何不顾高价，不舍得把它卖掉。

我呢，只是注意着这只小鸟的弯钩的嘴，如何吃这个带壳子的花生，如何运用它的爪子当作手，又如何把那花生壳子片片的吐了出来……

"它高兴的时候会说话的。"老主人继续夸赞它的灵巧，也是表示他有一个最心爱的对象。

可是我，却没有听它说过话。一到我们吃饭的时候，就听见它叫个不住。平时我去早了，店堂里的人少，看见它把嘴插在羽毛里还睡着。我拾起一片菜叶或是一点甘蔗逗它，它便嚼去水分，不久又把渣滓吐出。不在睡眠的时候，多半的时间它就啄咬着那条锁绊住它的铁链子。靠近足踝的那一段链圈，已经被它啄咬得发着光亮了，爪上也露出一些血痕。但在习惯上它仍然继续去啄咬不止。这给我一种启示：它不忘记自己要解放自己。

一切的，希望它能"通人性"，毕竟都是人的。它不忘记要解放自己，要求自由的生存，这不已经是生物的一种共同的，纯洁的理性了吗？

人说鹦鹉在架上翻腾着那是它喜悦时打秋千，我看起来则未必不是它的痛苦和挣扎。

有一次店堂里只有我一个人低着头吃饭，身背后忽然叫起来几声：鹦哥——鹦哥——鹦哥——

我回过头去，唯有架上的那只鹦鹉，在若有所思的直立着，我不禁微笑了起来。

—— 主人所夸耀你的，也就是你能呼唤出你自己的名字而已吗？古希腊的箴言说"知道你自己"，我以为"知道自己才是一件大可哀的事"。

我的微笑不知怎么立刻收敛起来了。

记得那个老主人还说过：鹦鹉不比其他的禽兽，即使豢养它十年二十年，一旦飞脱而去，便永不回来。我觉得鹦鹉的可爱，或者只有这一点吧。

没有美丽的羽毛，没有婉转的歌喉，甚至于没有声气能够叫出我自己的我，对于被豢养而不忘掉自由的鹦鹉，我却惭愧着我曾否也随时咀嚼着生活所加给我的铁链了！

做　　客

　　这里说做客，并不是一个人单身在外边的意思。做客就是到人家去应酬——结婚，开丧，或是讲交情，都有得吃，而且吃得很多很丰美。虽说做客，可不需要什么客气，一客气反教主人家不高兴，回头怪客人不给他面子。有好多次我都不认识主人是谁便吃了他很多东西，我感谢这种盛意，但心理总不免为主人惋惜：请了这么些个客人来，一张一张陌生人的面孔，究竟有什么可取的地方呢？我想，在这里做客，还莫若叫作"吃客"才妥当些。

　　请客的事，恐怕没有一个地方再比这里奢侈浪费的了。一个小小人家，办一次婚丧，便要摆几十桌酒席，一天两道，两天，三天这样排场下去。那些做父母的，有的要卖掉他们的田地和祖产，那些做儿女的，有的便要负担这一份很重的债务，直等很多年后都偿还不清。可是吃客们早已风流云散了，像我便是其中的一个。

　　虚荣和旧礼教往往是一种糖衣的苦丸，这个小城似乎还没有停止吞咽着它。

　　因为做客做惯了，我可以写下一篇做客的历程。有一次我把这个题目出给学生们去做，有一篇写道："我小的时候便喜欢做客，但大人带我去的时候很少，总计不过两百多次罢了。……"这个学生是当地人，现在才不过十六七岁，做了两百多次客还觉得少，在我则不能不瞠乎其后矣。

　　就喜事的客说，每次的请帖约在十天半月之前便可送到。上面注明男宾和女宾被招待的不同的日期。普通的礼物是合送一副对联，很多的只用单张的红纸，不必裱卷；隆重一点的合送一幅可以做女人衣服的绸幛；再隆重的当天不妨加封两元贺仪。

　　客人进了门，照例是被人招待到一个礼堂里去坐下，随手递来一根纸烟，一杯茶和一把瓜子。这间房里铺了满地的松针，脚踏在上面也不亚于软绵绵的毛毯。等候一些时候客人到齐了，于是就一拥而占席吃饭。午饭有八样菜，几乎每家每次一律，如青豆米，豆腐皮，酸菜末，粉蒸肉……和一碗猪血豆腐汤，汤上漂着一些辣椒粉和炒芝麻粒子。晚饭的菜是考究的，多了四小碟酒菜，如炸花生，海菜，咸鸭蛋和糟鲦鱼。热菜中另加八宝饭，炒鱿鱼和山药片夹火腿等。快收席的时候，每人还分一包小茶食，可以带回去当零嘴吃。

　　做客的程序，似乎到了放下晚席的碗筷为一段落。这时吃饱了喝足了的人，连忙抹抹嘴便一哄而散。走到门口可以看见一个弓着身子做送客姿势的人，那大约就是主人家了。另外有人抓着一大把"烛筱"分给客人照亮，从那红红的光亮里，可以照见那些客人们的嘴上还衔着一根纸烟，那是散席时每人应该分到的。

　　吃是吃饱了，喝是喝足了，还带着一些衔着一些东西回去，这一天觉得很快地便过去了；真是很满足的一天！于是，有些同事在平淡的日子里便希望常常做客的机会来好"充实充实"自己。有的同事甚至于向人探问，"怎么近来学生结婚的不多？"所以一看见有红帖子散来，便禁不住地扯开了笑脸；有的直喊：

　　"过两天又有'宣威'吃了！"

　　"宣威"成了一个典故，因为宣威那个地方出罐头火腿，很名贵很香嫩的火腿，大凡一有宣威火腿吃，便是有客做的意思。

　　一个学期终了，讲义堆下竟积了一沓子请帖，我在石屏做客的次数也不算少了。可是回想起来，我几乎不记得任何一家主人的面孔——当时就不认识，因为在这里做客，无须对主人贺喜，也无须对主人道谢，一切的应酬仪式，简单得几乎完全不要，因此，就习惯上讲，我每逢做一次客，我就轻蔑一次自己的薄情，以致我也怜悯那些做主人的，为什么要这样奢侈，虚伪而浪费！

那些个青年的男的和女的，一个一个被牵被拉地结合了，不管他们的意愿，也不问他们能否生活独立。穿得花花绿绿，男的戴着美国毡帽，女的蒙着舶来的披纱，做着傀儡，做着残余制度下的牺牲品；也许就从此被葬送了。（我不相信一个十六七岁的男或女，把结婚的排演当作是他一生中的幸福喜剧！）记得有一次我看见一家礼堂里挂满了喜联当中—— 其实都是只写上下款而留着中间空白的红纸条，在那一列一列致贺者的姓氏当中，我发现了几个"奠"字，原来姓"郑"的那一半，却被上面的一条掩住了。还有一家挂的横幅喜幛上只有"燕喜飞"三个字，原来中间落掉一个"双"字。当时我还不免暗笑，不过事后想想，反觉得沉闷无话好说了。

还有一次，我做了一回财主人家的宾客，不为婚丧，却只是为了"人情"。

在中世纪似的极幽静的村寨里，我随着一行人走进了他的×村，想不到穿过一重一重的门第，还要走着无限曲折的游廊，踏过铺着瓷砖的甬道和台阶，满目华丽，竟是一所绝妙的宅邸。

听说这个主人手下用着无数的砂丁，砂丁们每年代他换进了无数的银子。这些建设也都是砂丁们给他垒起的！

我享受了这个主人的盛宴，我是在间接地吸取了砂丁们的许多血汗。这一次的做客恐怕是一件最可耻辱的！

常常作为一个冷眼的客人的我，我真的满足了吗？所谓饱经世故的"饱"字，已足使我呕心的了！

出　　世

在假期里，差不多每天下午要来约会的一个侣伴，今天一清早便莅临了。她是校医室的一个看护，同时也是这个小城里的一位为服务而服务的助产士。她的好友最近才离开这里，她的一个小孩不久以前也死去了。我同情她，并且想：春天对于她该是怅惘的。

今天她的面色很悒郁，眼圈是青青的，然而那长长的睫毛，并不因此而失掉它的那种固有的，动人的魅力。当睫毛像两柄细小的乌木梳子把眼睛遮盖起来的时候，我羡慕着她的心，会跟着宁静而假寐的吧？

"一夜没有睡，教我又是着急，又是生气……"她的颈子略微有些倾垂，默许似的望着我：我在摆弄着她刚才放在案上的那个小小的花布袋里的东西，一副薄橡皮手套，一包棉花，一小瓶消毒用的酒精，还有一个木制的，狭长的，像一双喇叭或高脚圆锥式的长漏斗似的东西，我拿着它似乎有点出神。

"这是一只听筒。现在还不容易买到。"为了这只听筒的用途，她解释了半天，我才知道拿它放在女人的腹部，可以听诊检查婴孩的部位与产妇子宫的动态。后来她继续讲昨天外间临床的一段经过。

"一个有钱的人家没有孩子，男人讨过一个妾，还是不生育；又找了一个年轻的猡猡关在家里。他们从来就不许这个猡猡见人，而且一直奴使着她做最辛苦最劳累的工作。他们简直把她当作一个'工具'，像一个土盆或是瓦罐之类的东西。不幸地在这个人的肚子里偏偏结下了一个胎，于是，她的受难也达到一个顶端。从来不被人当作一个人看待的她，所以也没有预先给她尽一点人事的准备。我们虽然是对门的邻居，可是她家里也从来不肯让我替她检查一次。等到动作来了——偏偏又是难产，措手不及的当儿，才深更半夜的把我找了去。

"我去到她家时，那个女人正拼命地叫喊着，看见我，才把声音稍稍放低了下来。我知道她早已盼望着有人来救救她了。然而她似乎不知道使她痛苦叫喊的是什么！看！一只小孩的腿，已经拖在她的产门外边半天了！

"我谨慎地为她做了一些必要的手术，使那只小腿慢慢收摆了回去。不久之后，她的阵痛又开始了，她不再让我去沾她一下，她的力竭声嘶的叫喊，似乎已经使她的眼睛不能睁开，不能看见还有要解救她的人立在她的身边。最没有道理的是，她越叫喊，她家的人便越用力打她。我既可怜这个初产妇的痛苦，又憎恨着她家里这种没有经验没有道理的暴举。她们都不听我的劝告，喊的喊，打的打，真是要急死了人！我担心再这样下去，会使产妇的心脏瘫麻或子宫出血，所以我请她们帮助我按住她，让我再施行手术，看看胎儿有没有正常的进步……"

"进步？"我拦住她的话，好奇地问。虽然我猜想"进步"这两个字，在这里是当"术语"用的。

"……"她没有什么回答的表示，仅只抬起了睫毛盯了我一下。

"这个可怜的猡猡，于是又哀叫起来了：'我宁可以死……让我死吧！你们别再动我。'她自己好像已经绝望了。痛心的是她家里的人还说：'要不了大人，要孩子吧'……

　　"我想给她注射一种 × 针，可惜这种药前次已经用完。我劝他们把这里的 × 院院长请来试试，他虽然不是产科专门，但他来了总可以和我共同设法挽救，他们那里的药品自然也比我个人所预备的齐全。

　　"谁晓得！他来了跟我一样的没有什么帮助！那个四十多岁的一个老助手，她却像煞有介事地表示着她自己的本领不同凡俗，开口'不要紧，我接过四百个孩子，大的小的都安全。'开口：'没有问题，我接过四五百个孩子，大人……'啰里啰唆，咭咭呱呱。

　　"× 院长只晓得在一边抽大烟，抽了一阵大烟，待了不到半点钟便走了。我真是失望极了！想不到 × 院长做医生的也是这么一个无能而且腐化的东西！"她异常愤慨的把叙述停顿下来了。

　　"你不该失望；你从此不是更增加了一份信心吗？恶的制度恶的社会都是恶人的护符。我们年轻人的纯正可爱的力量，便是我们有自信心，我们即便是孤立的，但也绝不和他们合作！"对于她的愤慨，我想给她一种鼓励，我爱惜她，正因为她好像还是一个出世未久的孩子。

　　"天快亮的时候，× 院长竟送来了一张诊费药费单，除去白抽的大烟不算，应付法币四十几元几角几分。

　　"产妇早已由呐喊变成呻吟了，呻吟也渐渐低弱了下去，可怜的婴儿，仍然拖着半个身子没有多大的进步。

　　"不是正房的女人，在这里照规矩也不能留在家里生养。后来他们竟把这个可怜的罗罗送到一个荒庙里不管了。不如一只小猫小狗，我怕两条生命都快要完结了！"她的叙述到这里也完结了。

　　在我们这暂时的沉默当中，我想，那荒庙中的一对母子，还在不死不活地受着难吗？这个已生的而在不幸中的生命，和那个未生的幼小者的生命，也许都要和这个世界上的光亮做永远的诀别了吧！

当天下午，我为着这件事情特意去看她，她告诉我她也是刚从那个荒庙中探视了她们归来：孩子终于落生了，但已经没有呼吸；大人却在地上昏迷地睡着。她说，这真是一个奇迹！

是的，奇迹！然而这奇迹立刻给我松了一口气。

——女人是伟大的，女人的伟大在于她们能够生养孩子。这种话语常被人们说着而表示讽刺女人是无用的意思。然而，谁曾把它当作真是血洗过的句子呢？

来在这个世界上的人们，我们应该彼此地祝福了：

人们还不都是一个母亲的孩子吗？

风　物

一

城西南有一座小山，整整齐齐的像一只帽盒，所以人们就叫它帽盒山；有的把音读转，便成了冒火山。正在山尖上有一座石塔，这座塔倒真像一个帽顶了。从远远的地方望去，还可以看见塔的影子斜放在山坡上。眼力好的人，也许可以看见影子底下是不是有着人。我曾试探着问过她，但她没有回答。（她不知道那一次我和她两个人在塔底下坐了那么长久，我的心是如何跳跃，我的胆是如何恐怯来着）记得那一次我还对她说过："现在我是多么轻松，多么幸福！城垣，市尘，人家……都放在我们的脚底和眼下，也好像全是一些不必要的度外之物似的。可是幸福，一经自觉的幸福，幸福便已成为过去的了。如今的一切，也徒然是日后追怀的残痕而已。"

我们默默地望着东边的异龙湖，湖面上一抹蔚蓝，一抹碧绿，一抹绯红，一抹素白……这美丽的幻变，真不知是天上的？还是人间的？还是我心灵的冒险之反映？唉，这座小山当初一定是喷过火的吧？（塔下）

二

异龙湖确是一面大的明镜。南岸有五指山伸到湖中，形成了几个小小的港湾。葱茂的树木遮盖着每个山头，好像那边另有一个天地。有一个山顶上有着庙宇，望过去就如同中古时代南欧沿海的那种庄严的堡垒和阴森的水牢一般。

湖上有几个小岛，我只去过大瑞城和小瑞城两个地方。大瑞城还可以从一条长堤上走到，小瑞城完全围在水的当中，必须划船才能上去。那一次我们在湖上遇着风浪，险些儿把一只小船弄翻掉，可是我不知怎么竟这样想：即便葬身鱼腹了，我不是和她同过舟吗！

从小瑞城的一个敞台上展望，一片苍茫，万顷波光，我禁不住地由衷赞美着：女性的海啊！（湖上）

三

沿沙河和树排往西北走，穿过符家营，再傍溪走一程，便可以望见一丛林木极为葱郁的地方。在那里有一潭清澈的水，水面上也是永远涌现着一圈一圈的纹路。潭边的一株大榕树，不但盖着全个潭面的顶空，而且还给周缘撑起了无数柄的绿油伞。这里是幽静，沁凉，几乎近于阴冷了。

那个祀奉黑龙的小庙，就紧靠在潭的左边。门锁着，从墙里却伸出一簇一簇的红球花，好像魔女的化身在不耐寥落地窥探着外间的动静。

地上满铺着一年两年落下来的新的陈的榕树子子，它做了我们的垫子，也代替了我们的话语——我们把它一颗一颗的投进潭里，看着它无言的沉落，就好像我们也不会永远被并列在地面上似的。

亚当和夏娃被逐出了伊甸乐园，那是为了犯触上帝的意旨；然而我们可以发誓说我们并没有罪，运命却使我们分别了！（潭边）

四

多少碑碣已经作了墙基或是铺成路面了，纵然还有一些模糊的字迹留在石上，却没有人再去低头理会那些已往的事迹，和故人的姓名与生卒年月……

学校大门的外边，经常有一群石匠在那里不息地工作着。他们凿开一块一块的岩石，或是磨平一块一块旧的碑碣，丁丁铿铿地镂着条纹，刻着一行一行的文字，做成一座一座新的石坊，填砌在墓前好像三道小门——门是开不开的，门上刻着许多字。

在夜晚这些石匠的工作也不停止，荧荧的几个灯火，照耀着他们的古铜色的面孔，除了丁丁铿铿的斧石之声以外，也只有黑色夜幕中所回响起来的丁丁铿铿，丁丁铿铿……

这是一种工作，一种严肃的工作，也是启示在地上的人们，应该怎样才能留下一种比刻石还要长久而不磨灭的工作吧！（石匠）

五

暗路夜行的人们，他们没有电筒或灯笼或火炬，仅仅拿着几片薄薄的木板条，燃起来便可以照亮了前路趱行。火花边走边落着，给路上留下一点一点的红的虚线，仿佛也度量出黑夜的深沉与寥寂。

逢街子的时期，成把成把的在摊上出卖着，我终于打听出它的名字叫"烛筏"来。

"烛筏"，真是一个最恰当最好听的名字了！由这个名字我好像想到带着光明而渡过黑暗的意思。（烛筏）

六

　　我常常想着世上最浪费最多余最表示人类心地窄隘的东西，莫过于环围着家屋外边的那一堵一堵长长短短高高矮矮的墙。大概自从有了竹篱木栅以后，恐怕人类的文明已经蜕变过了。你看，那透不过一点一线气息和光亮的墙壁那边，不是好像告诉我们有什么野蛮物在内吗？那在内的好像干脆用墙壁挡驾道：外边的野蛮物止步！

　　我看见这里到处利用仙人掌仙人鞭一类的植物当作墙界围栏之事，才不禁有如上的感想。不过，这些结壮的厚实的带刺的植物，却也给我带来了一种南国的幻景：我喜欢在热风里裸光了身子，却不愿意在冷气中着上棉裘。

（棘篱）

希 望 者

—— 寄漓水边的友人们

朋友：您的信收到两天了。可是我并不认识您，我知道您也不曾见过我；这封信从一个陌生人的手里递到另一个陌生人的手中，真是令人感奋极了！

您的信是从桂林寄来的，漓水边的桂林寄来的。但是桂林，漓水边的桂林对于我并不陌生，而且正是我时刻怀念着的一个地方；她早已在我的心地留下一颗种子，这种子的名字可以叫她是"毋忘"，它一开花便叫"希望"。

为了您这个使我感奋的陌生者的名义，为了我所怀念着的桂林和漓水的名义，还为了寄托并散布我曾采撷过的希望的种子，我把这封信寄回来了。

您不会憎恶我这个人是怪自私的吗？我好像已经偷偷地把我的心和我的眼睛封在这封信里了（我始终怀疑着文字到底有什么力量，所以永远不会成为一个忠实有力的所谓文艺工作者），我只想讷讷地复说着那一些已经过往了的事情（经我一说，也许反倒伤害了它的原有的面目和光泽），只想悄悄地随着这封书简（付的是很低廉的邮资），赵趄地作一次旧地的重游，摩挲着那些刻画在我眼前和心底的印象。

我初到桂林的那个时候，桂林还是娴静的像一个处女般的城市。真的，我不知道怎样才可以把她形容得更恰当些。我仿佛第一次走进一幅古人的画帖里去，我恍然领会了中国绘法原来是最能写实也是最富于象征与神韵的一种。人家都说"桂林山水甲天下"，可是我并不曾存此成见地来欣赏她，别处的山水究竟如何，我不大明白。在桂林的一年，与其说浏览着甲天下的山水，远不如说我就是这幅画帖里的一个能够移动的人物。时而在城垣，时而在郊野，时而登山，时而涉水，我能道出老人山的面目是朝着哪个方向，象鼻山的鼻头垂得有多么长，穿山山腰中间挂的那个月牙有多么高，碧绿的漓水有多少回折……

一年，仅只一年，我就离去了这个原来娴静，而后饱经敌人摧毁了的城市了。当车子沿着环城街道走上南门外的公路时，同行的人们有的向她挥一挥手说："再会吧，桂林！"

然而，我自己却没有这种轻浮的兴致，我低了头，又禁不住地要抬了眼皮向她投着惜别的眼光：这娴静的桂林，如今已经部分的成了古罗马似的废墟了！

在我的一本题名"废墟"的小集子里——我知道很多人都憎恶这个名字，或者因为憎恶我这个人所写下的东西而被憎恶的吧——我曾写照着一个角落里的一时的感触：

看不出一点巷里的痕迹，也想不出有多少家屋曾栉比为邻地占着这块空旷的地方。

踏着瓦砾，我知道在踏着比这瓦砾更多的更破碎的人们的心。

一条狗，默默地伏在瓦砾上，从瓦砾缝隙，依稀露着被烧毁了的门槛的木块。

狗伏着，它的鼻端紧贴着地。它嗅着它，或是嗅着它所熟嗅的气息，或是嗅着一种别的什么东西，……

废墟为我们保藏着一种更浓的更可珍爱的气息。

…………

我不能忘记！这个宁静的城市，曾一再地被敌人投下过大量的炸弹和烧夷弹，使她成为火山，火海，火的洞窟，使她留下满目的伤痍和到处的废墟。不过，每一把火，都曾燃炽了我们的心，每一座废墟，也都为我们保藏着一种更浓厚的更可爱的气息。敌人丝毫不能毁灭了我们的什么，他们只是用罪恶的手，造下更罪恶的东西：野蛮的宣扬，与疯狂的自供而已！朋友，我想现在，你们知道得更多了，认识得更清楚了，你们也会和我同样地吸取过那种废墟上的气息，我相信从废墟上再造的，重建的，新生的人物精神，将是更结壮的，更有力而不能摇撼或推倒的了！

我不能忘记，我过了那么多的火中的日子，我往来火中，去探视友人们居住的地方，那种紧张急迫的心情，恐怕还甚于当前的烈焰和焦灼。每逢这种时刻，他们或许分头也在来探视着我。如果我们偶然逢见了，我们的欢愉真会流出了泪，恨不得彼此互相拥抱了起来。然而沉默也往往代替了我们那种说不出来的悲愤，你看：在燃烧中的家屋，在火焰下奔跑穿梭着的人们，不也都是我们的家屋，我们的友人吗？他们被蹂躏着的被煎熬着的生命和心灵，和我们的有什么分别呢？他们所认识的敌人，不正和我们所认识的是同一个敌人吗？

愤怒的，仇恨的火，的确把我们所有的心都熔在一起了，我不能分别出热血和烈火的颜色哪个更鲜红些。

有一次，城里被猛烈地轰炸之后，将近日暮了，我去探望住在江东岸的朋友，那里的门虚掩着，他们却都没有在。在他们那零乱的桌子上，堆放着书籍、纸张、稿件、校样……还有一块像不胜痛楚而痉挛着似的弹片，躺在一团绒线的旁边。我纳罕着这些东西为什么会归在一处。这块像毛毛虫似的炸弹破片；它是飞来的刽子手，它曾杀害过谁吗？一定的，看它这副奇怪尴尬的样子，就知道它是怎样一个可憎恶可诅咒的东西了！

待了一会儿，他们都回来了，一个叙说着那些死难者的血，如何染在轮胎和车厢底下，他们的肉，是如何的模糊难辨，只剩下一簇黑黑的发丝……一个说，还想寻一两块弹片来的；她说着，向桌上张望了一下，知道那块弹片仍旧放在那里，便拨开了它，重新拿起竹针和绒线编织起来。

我望望她，她低着头只愿计算着应该织的针数。而那块先前拾来的弹片，就蜷曲地躺在桌子上，不再引起她的注意。我呢，却一直盯住它——这个用了敌人国度里无数无辜的庶民们血汗所铸成的凶器，恐怕它自己也真是不胜哀怨而痛苦，所以无法不使自己痉挛着自己的身子吧？

没有几天，那一团绒线已经成了一件背心穿在我的身上了（直到今天的此刻这件绒线背心还穿在我的身上），说不出我的感激，乃至我抚摩着这件轻柔温暖的短衣，也还惊奇着它究竟是用什么东西和什么力量编织起来的！（直到今天的此刻，我的眼睛里似乎还盈溢着我的感激的泪。）

后来，我还讲到过那个友人在当时所写下的几篇散文，我便恍然看见那一块痉挛着的弹片，仿佛还在他的书桌上，稿纸堆里蜷曲地躺着……

朋友，你有没有像我这般想过？在这个时代，不，在任何一个光明与黑暗，正义与暴力，文明与野蛮，生与死在搏斗在抗争的时代，哪怕留下来的是一片废墟，一截断碑，一支歌或几行诗，她们究竟是以什么力量和什么东西编造起来的吗？我常常这般想，我相信您也曾这般想过，并且会毫不犹豫地说出了这个答案的。

我不能忘记，在桂林，我还过了许多戏乎漓上，浴乎漓上的日子。

我检着一个一个扁平的石子，投向江面上打着"水漂儿"，有时嗖嗖嗖的一串，有时却只听得"扑腾"一声价响。在岸边我不能照见我的当时的面庞，可是，在那平如明镜似的水面上，正仿佛为我现出了我的童年的笑靥了。我本能地拍着手，我的眼睛望着那一串水涡，大的跟着小的，却都随着无言的流水去远了，去远了！

从五月到十月，从仲夏到新秋住在漓水边上的人们，有不濯浴乎清流中的吗？

水的季节，也是冰的季候，水毕竟是动的，我的心不知怎么也微微荡漾起来了，青春似的江水，召唤着我，召唤着每一个年轻的人。于是，我第一次赤条条地投向她的怀抱里去了，第一次沉浮在漓江的中流了。

欢愉，我说不出有多么欢愉！真是无边的欢愉呀！一江的人鱼，一江的温流，一江的原始的呼声。

那时，泊在江上的有一只艇子叫"五月花"，是专给泅泳的人们换衣休憩的地方。每天我都遇见一个穿浅蓝色游泳衣的女子，总是呆呆地靠近"五月花"立着。她不常泅水，一会儿看看别人在江里的嬉戏，一会儿望望头顶上的天：那时我们的空军，常常在天上飞翔着，追逐着，空中是比江上广阔得更多了。

一支歌，就是那个时候我听了神往的；就是那个穿浅蓝色游泳衣的女子，起初我以为忧郁而其实并不忧郁的女子，立在水中向着天空唱的：

你看战斗机飞在太阳光下；你听马达

高唱着走进云霞！

他轻轻地旋飞又抬头向上……

你听马达悲壮的唱着向前，他载负着

青年的航空员……

我每逢想起或听见这支歌，即使在我忧郁的时候，也会从心坎里抽出笑意来。新中国的儿女们，没有一个是应该忧郁的。我们正在战斗中生活着，正在无边的大地上，万里的长空中，与我们的生命和荣誉的敌人，随时随地地战斗着，生活着。

这只音调发扬，意气轩昂的歌，就是我从桂林，漓水上的桂林听来的。

朋友，我在怀念着漓水上的"五月花"，如今是不是依然开放在那里？请为我给她祝福吧！

我不能忘记，我在桂林的那个时候，漓江上还没有大桥。只有一座用五六十只木船并列起来，中间搭着板子的浮桥。那时，一个好心的女孩子，就住在江的彼岸（就是那个一面去拾弹片，一面为我织绒背心的孩子），因为在她幼小的时候，曾经从桥上跌过一跤，所以每过桥的时候，她还存着一种戒心。可是她聪明、伶俐、天真、活泼、健康、努力，因此，她的这种戒心也就越发惹人可爱了。在一篇短文里，我写下过这样的句子：

一个怕过桥的少女，她住在江的彼岸。……

我喜欢这个怕过桥的少女，因为她是天真而没有一点邪念。

我喜欢桥，桥通着彼岸。或者更多的天真的少女也住在彼岸……

　　我认识了桥，桥是被真理砌成的一面。桥永远连着两岸，真理使我们每个人的心灵接近了。

　　现在，听说漓江上的大桥，早已雄伟地建立起来了，我想着她，便如同有一道彩虹架在我的心里，使我憧憬，使我无限的欣喜！

　　朋友，还有许许多多事情，使我不能忘记，永远也不会忘记。总之，在这里，我重新知道希望，给了我希望；我不只是一个生活着的人，并且使我成为一个希望者而生活的人。"希望者"这个名字，也是我在这里得到的：

　　每天早晨，那个纯真的孩子读着世界语。世界语——ESPERANTO。

　　"你知道吗？ Esperanto 这个字的本身是什么意义？"她以先知者的轻微的矜持的神态考问着我。

　　"告诉你吧，就是'希望者'。"她又一口气地说出了。

　　朋友，不多写了；再多了会使这封信的分量加重起来的。至于'希望者'的本身又是什么意义这一点，我想您不会再来追问我的了。

　　祝福您，祝福漓水边的友人们！

　　　　　　　　　　　　　　　　　　一九四二年春，寄自陪都

紫　薇

　　楼边的一家邻居，家里只有一个老人和一个女孩子。起初我以为他们是祖孙，后来才晓得是翁媳；可是从来也没有看见他的儿子，这个女孩据说是个童养媳。头发已经花白了的老人，除了耕种楼后面的一片山坡土地之外，还不得不卖着苦力为人抬滑竿或挑煤炭，所有的家事都由这个女孩料理着，养鸡养猪的副业，也由她一人经管着，她大约不过十三四岁。

　　因为是邻居，我看着这个小女孩的生长，就如同看见楼后的胡豆、苞谷或高粱……每天每天从土地里高苗了一些起来，形状也一天一天变化不同了似的……只见日渐饱满，日渐活泼。

　　每天太阳落山，她背着一筐子锄草回来了。不久，她就要唤小鸡子上笼——这是一个颇麻烦的工作，一双一双都要唤齐，不对数目就不好交代；可是鸡并不如人那般听使唤，有时还免不了费她一番唇舌，或是夹杂一两句骂畜生埋怨人的话。等小鸡都齐了，又要去料理猪食，又要去提水，又要去烧火，听到人家喊一声："来检查西瓜皮呀！"又不得不飞也似的跑去，她绝不舍弃这些为猪掉换掉换口味的好饲料。

　　"这些鸡卖不卖？"

　　有一次，我故意这样问，虽然明明知道她不肯答应的。

　　"不卖的，还小。我们自家养的。"她拒绝的理由很简单很诚实。

　　"给你很多的钱呢？"我又提出这么一个条件。

"也不卖的。"她说着还笑了笑。

其实，我知道的理由，就是因为这些鸡子是小的；而且不拘大的小的，都不是卖的，不过她并没有再说什么了。

昨天，黄昏的时刻，这个小女孩照例背着一筐子锄草回来了，手里还捧了一束花，粉红色的花。

我看着她从我们的楼口过去，走上她家的石坎，有一个褴褛的男孩正坐在那里。

我看见那个男孩没有言语地向她伸出一双手，她随即给了他一枝花，仅只一枝，不言语地放下草筐，径自回到屋里去了。

我看着那个男孩接过花来便送到鼻子上嗅着。

——花不见得都是美丽的，但是人们往往以为任何的花都是有着香气的，我一边静静地看着，一边默默地想着。

停了一会儿，她又捧着那束花出来，又向着我们的楼口走来了，似乎要去一个地方，想把这一束花送给一个人；仿佛这一束花本来为着谁才折回来似的。

迎着她的面，我突然向她伸出了我的一双手，像这样使手背向地，使手心向天，勇敢而不畏缩地，坦率不加思考地把自己的手掌伸向旁人面前的事，不要说在我的记忆不曾有过一次记录，就是在我的想象和意识中，恐怕也从来没有发生过这样的事情！

这一次，真是一个极端的例外，而且结果是成功了，那或者对着我面的是一个幼小者的缘故；是我有意和这个天真可爱的，在原野上生长起来的孩子开一次玩笑的缘故，就类似我前一次故意问她卖不卖鸡子的那个故事同一样的性质。

当我的手掌伸出了以后，不料她就把一束花完全给了我了。

我有些窘，惭愧，并且懊悔；为什么我要迎面捉住她，又伸手向她要花？使她中途折返了她所送往的地方赠予的对方呢！

"只要一枝好了。"我很过意不去这样申说着。

"山后边多得很。"她说，并没有允许我的这种"要求"。

（啊，多么好笑而可耻！大人们只得要求，请求，甚至于夺取、盗窃、或抢劫……而幼小者，孩子们，却早已知道，赠予和布施，她们如此的坦率，如此慷慨，如此大量，正好像一道夺丽无比的闪光，迅速地照进我们大人们肺腑的奥地；穿透了那些欺诈，那些伪装，那些伪善，那些堂皇的衣帽，那些彬彬的礼貌……）

这些花，并不美，也全无香气，我却学着孩子们，为她汲水，为她找一个安插的地方，把她供放在我的小书案上面了。

今天早晨，我又学着专家学者们似的，为这种不知名的花，找植物学辞典，翻《辞海》，才得了这么一条说明：

紫薇：落叶亚乔木，高丈余，树皮细泽，叶椭圆形，对生，花红紫或白，花瓣多皱襞，夏日始开，秋季方罢，故又名百日红。

下午回来，我所刚认识了的紫薇花——百日红，我所崇高着的这种美丽，良善，久长的生命的象征，不知怎么却萎谢零散地落在满案了！为着这些有着"百日红"的别名的花，我觉得有些惆怅起来了。

能红百日的花，比较起来总算是花中的长者了，但生着，生着，红着，红着……也终究有她的日限的，百日了，或者百日零一日罢；千夜，或千零一夜吧！

然而，我并无任何的幻灭感。（这是我长大了起来的种种当然的知识，学问，修养与气质的总和？）除了那些在暖床上的，在怀抱里的，无论生于原野，长于山林，立于路边与园角的花，不拘有没有香和色，不拘生长得久或暂，不失掉她的本性，不转移她的根蒂，红一刹那，生不知夕。（那又有什么关系的呢？）

她们根本是不会幻灭的——生命不幻灭，就是因为永远的清澈的本性的泉源在灌溉着她。